RENDEZ-VOUS CHEZ MOI

ISBN 978-2-35326-051-5

Bruno Caussé

RENDEZ-VOUS CHEZ MOI

AGNÈS VIÉNOT ÉDITIONS
11, RUE JEAN-DE-BEAUVAIS
PARIS VE

À Vincent

Le grand soir est pour demain. Il avait pensé convoquer une joyeuse fanfare, trombone à coulisse, cornet à piston et tuba cabossé, ou des Mariachis arrivés tout droit de Guadalajara, « *cucurrucu Paloma* », ou un quintette de violoncelles, frac et perruque blonde. Les délais ont été trop courts, le peintre a fini les raccords cette après-midi seulement, c'est à peine sec. Ils vont quand même être sciés, applaudissements à tout rompre, rappels, ne voudront plus partir tellement ils seront bien.

Le regard de Pierre balaie la grange, sa grange, les poutres sablées de la toiture, une charpente en coque de bateau, chef-d'œuvre des anciens, les vieilles tomettes de terre cuite rouge fatigué trouvées dans le fatras de Godin, fameux brocanteur du coin, les fenêtres verticales percées dans le mur pour voir passer la lune, le poêle rond venu d'un pays froid, l'hiver ronronnera, le bar en châtaignier, un arbre d'ici, dur à la tâche lui a dit le menuisier, et derrière une La Cornue, cent dix kilos d'élégance, de talents, de puissance, de subtilités, le Steinway de la cuisine, son jouet, son caprice, son envie depuis si longtemps.

Demain il va leur préparer une épaule d'agneau à la paresseuse, en hommage à Paul Lafargue, abolition du travail et droit à la nonchalance, le plat de sa nouvelle vie, du temps pour soi et pour les autres, « *Dis donc, camarade Soleil, tu ne trouves pas que c'est plutôt con de donner une journée pareille à un patron ?* », Prévert Jacques.

Il l'a pourtant roulé léger son pétard, une herbe certifiée naturelle, foi de jardinier, celui de la maison de retraite de Boissac. Jamais les gendarmes ne se douteront des plants qui poussent derrière les rangées de tomates, ni du papy en chaise roulante qui chaque matin se fume un petit joint, a moins mal de partout, et c'est déjà bien, elle est si douce cette Marie-Jeanne. Miles Davis joue *Nuit sur les Champs-Élysées*, bonsoir Mademoiselle Gréco.

Pierre sort dans la cour, début de la nuit, début de l'automne, sa saison. Il a eu raison de tirer sa révérence. Presque trente ans à *L'Hebdo*, un ami du président a racheté le titre et sa mémoire pour deux cent millions d'euros. La suite sera sans lui. Il avait tout fait dans ce canard, des échos, des petits papiers en bas de page, des reportages au loin, des entretiens, des analyses, des couvertures. Clause de conscience, indemnités confortables, fin de la séquence flâneur salarié.

« Le patron » qu'on l'appelait, dans la rédaction et dehors. Un petit homme maigre, toujours avec ses doigts à pianoter d'impatience. Pierre avait frappé à sa porte avec l'insouciance de ses désirs d'écrire le monde, de le changer. Il l'avait reçu dans son antre poussiéreux, des piles de livres en déséquilibre et un téléphone noir, avait questionné le freluquet qu'il était alors, tout juste capable d'études de lettres et de retourner une AG pour qu'elle vote la grève reconductible, puis l'avait pris de court, « puisque vous êtes de Lyon, vous connaissez la promenade Lénine à Vaulx-en-Velin, racontez-nous ce qui s'y passe, douze mille signes, à plus tard jeune homme ». Pierre avait sué sur ce premier papier, une ramette n'avait pas suffi. Le patron avait relu sa copie avec un crayon en l'air, barrant ici, soulignant là, puis rendu les feuillets avec pour consigne de mettre en tête le cinquième paragraphe. L'article, raccourci d'un bon quart, est paru la semaine du 15 août, il a gardé le numéro, sa première signature, comme celles qui ont suivi. Le patron est mort, *L'Hebdo* a été cédé à un fonds de pension anglais, puis vendu à un marchand d'armes qui l'a refilé à un magnat du luxe. L'ami du président, c'était de trop.

Il s'assoit sur la margelle de la fontaine qui roucoule. En face, de l'autre côté de la rivière, les lumières de Boissac, un Magritte grand format. On peut être d'une terre sans y être né, d'un endroit de la planète où on se sente chez soi. Pour Pierre, c'est ce village entortillé, pierres noires des volcans, tuiles rondes. La bonne idée qu'il a eue d'acheter cette maison en triste état, mal fichue et petite avec ça. Il ne savait pas que des murs et un toit peuvent autant faire rêver, un lent voyage intérieur qu'il a accompli pas à pas, pour apprendre ce lieu, se l'approprier, une maison d'enfance à recommencer, les billes qui tintent dans les poches, le cartable jeté, le jardin comme une jungle, les joues rouges et l'odeur de la soupe. À Paris, il s'est souvent endormi en changeant de place l'escalier, en aménageant le grenier, en installant une douche italienne, mosaïques de petits carreaux, des travaux qui ont fini par devenir réalité.

Restait le gros chantier, cette sombre grange sans emploi, toiles d'araignée et sol défoncé, mille fois refaite avec la poudre de perlimpinpin de ses paupières fermées. Dès son enveloppe de *L'Hebdo* touchée, Pierre a appelé les artisans, les plans étaient prêts, au centimètre près, pour une immense pièce à vivre, une table en longueur, un grand carré de canapés, derrière le bar le coin cuisine et sa La Cornue. Sur le chemin les livreurs ont tiré la langue tellement elle est lourde, ne lui en ont pas voulu tellement elle est belle. Sa maison a changé de dimension, c'est la même et c'est une autre, c'est encore plus la sienne et il n'en revient pas. Il a installé son bureau dans l'ancienne cuisine et sur la bibliothèque a rangé les romans qui lui parlent toujours, couvertures patinées, pages cornées, plaisir de les relire. Les autres, il les a abandonnés pour trois fois rien à un bouquiniste parisien. Il a accroché quelques éclats de nuit saisis par des copains photographes, Hanoi, Cartagena de Las Indias, Berlin, il a traversé ces villes, elles le nourrissent encore. « Les voyages se font au retour », lui a appris un soir de feu de camp dans le désert mauritanien Mahmoud, un combattant Touareg qui avait déposé les armes.

Trop simple une épaule d'agneau à la paresseuse, dix minutes de préparation, une heure de cuisson, niveau apprenti. Pour ses amis, le fourneau doit chanter, un filet de veau au caramel amer, façon Marc Meneau. C'était un dimanche de brume à Vézelay, la jeune femme n'avait pas faim. À cet instant-là du déjeuner, Pierre a compris qu'elle le quittait, on ne chipote pas sans raison un filet de veau au caramel amer. Il en a pris son parti, a fumé un cigare et bu un cognac avec le chef de l'Espérance, elle boudait. Le retour sur Paris fut long et pénible, les essuie-glaces grinçaient. Il n'a pas d'huile de pépins de raisin. Pourquoi pas poisson ? Un loup alors, à la douce. L'entrée, il verra plus tard.

En bas La Source coule des jours heureux. Il va bien dormir, comme chaque fois qu'il se glisse sous les draps ici, sans insomnie. Maintenant c'est pour tous les jours, la rivière claire, ce ciel à portée de main, la guirlande des étoiles, les ruelles de Boissac, les croissants chauds de Solange, les journaux de Chez Jeannot, le petit noir au Café de la Poste, comment il va le Parisien ?, le Parisien qu'il n'est pas, qu'il n'a jamais été mais il a cessé de se battre sur ce front, va bien. Demain il reçoit Henry, Manuel, Louis et Romain, ses amis, ses frères, un week-end garçons comme ils disent.

Il y a deux semaines, il leur a envoyé un courriel.

Objet, « Rendez-vous chez moi ». Message, « Vendredi 18 octobre, Boissac, vous en êtes ? Pierre ». « J'apporte du vin, rien que des bons pour une aveugle et deux douzaines d'œufs, des frais, élevés à la campagne. Henry », « réduction de gaz carbo, qui peut me voiturer ? Romain », « 17 heures devant la préfecture. Manuel », « bien trop tôt, j'ai une journée flux tendus. Romain », « t'es débordé ? j'y crois pas, 18 heures pétantes, bien lire pétantes, avenue des Belges, ça te va ? Louis », « ok pour pétantes, on fera une pétanque ? Romain », « tu vas encore perdre. Henry », « à tous, je gère le déjeuner du samedi, entrée, plat, dessert. Louis », « vous connaissez cette vidéo détournée d'un discours de Sarko ? Romain », « impossible d'ouvrir le fichier joint. Louis », « fais gaffe toubib, c'est plein de microbes ces trucs-là. Henry », « j'ai des antibiotiques. Louis », « et la camionnette à Mémé ? Romain », « je m'en occupe. Pierre », « je vous fais suivre une pétition de RESF, réseau d'éducation sans frontières pour les étourdis. Manuel », « on a dit pas de trucs salaces entre nous. Henry », « t'as vraiment viré beauf. Je vous embrasse. À tout de suite. Manuel »…

À midi Marion l'a appelé, *L'Hebdo* lui propose le poste de correspondante à Washington. Pierre sait qu'elle ne peut refuser, elle a trente-cinq ans et la vie devant, il en connaît des centaines qui iraient là-bas à la rame. Il devra se priver d'elle, de ses yeux, de sa voix, de ses mots, de ses rires, de son corps. Il avait tout calculé, tout réfléchi, largué son appartement, quitté le journal, donné son dédit à Paris. Elle n'était pas prévue dans son scénario, un emballement à contretemps, une rencontre venue trop tard pour lui, décalage horaire, il n'y a pas de vol direct entre l'Ardèche et les États-Unis d'Amérique. « On en reparle lundi, je te laisse à ton week-end garçons, au fait mes mensuelles sont arrivées, je t'embrasse », lui aussi l'a embrassée et Marion a raccroché.

Elle lui avait parlé du retard, lui avait dit qu'elle ne s'inquiétait pas, il s'était interdit de gamberger, jamais de questions dont les réponses ne dépendent pas de lui, son vieux principe de protection. Ce soir ses défenses sautent, il voit leur histoire s'éloigner d'eux ; fin décembre il prendra l'avion pour Washington, elle sera débordée par une enquête commandée au dernier moment, il se promènera la journée, désœuvré, inutile, malheureux, lui préparera à dîner, ils visiteront une ou deux expos glacées comme l'hiver, la semaine passera si vite, ils réveillonneront en tête à tête, s'offriront des cadeaux, trinqueront à la nouvelle année, s'enrouleront sur le tapis, il repartira avec l'intuition qu'il ne reviendra pas, elle le sentira aussi, ils se téléphoneront beaucoup, de temps en temps, de moins en moins souvent, ce sera une séparation en douceur, triste mais sans souffrance, peut-être. Et si Marion avait été enceinte ? Stop. Il s'accorde une dernière cigarette, le froid remonte la vallée, les fenêtres de Boissac s'éteignent. Demain matin, il ira d'abord courir par la colline d'en haut.

Les pierres roulent et ses pensées tanguent. Il court mal ce matin, souffle rare, foulées hachées, mollets douloureux. Son tour par la colline d'en haut vire au calvaire, ses jambes ne veulent pas cavaler, sa tête non plus. À mi-parcours, près de la cabane écroulée, là où la vue est si large que l'été on aperçoit même le crâne tondu du Ventoux, Pierre marque une pause, cassé en deux, mains sur les cuisses, le corps n'y est pas, il va finir doucement, sans forcer. Il exécute quelques étirements, un jeune clébard le poil noir vif lui tourne autour, l'accompagne un moment sur le chemin avant de couper par le petit bois de chênes pour suivre sûrement la piste d'un sanglier, ils pullulent dans le coin.

Pierre rentre au pas, il connaît ses limites, inutile d'aller dans la zone rouge les jours sans, ce soir il doit être d'aplomb. En entrée ce sera une salade de bœuf ficelle, il lui reste du bouillon au congélateur, un bouillon fait maison dont il n'est pas peu fier, la cuisine est affaire de petits détails, comme une chanson qu'on retient à la première écoute, mélodie simple et mots justes. Il met Dick Annegarn et chante avec lui *Sacré géranium*, « *Pas besoin de sous pour être bien/ Pas besoin de vin pour être saoul* ».

Sous la douche, Pierre se masse longuement les jambes, il a eu cinquante-cinq ans au printemps, on lui répète souvent qu'il ne les fait pas, lui se tient à sa formule, « ni jeunisme ni vieillisme », une pirouette dont il n'est pas dupe. Dans le miroir où il se rase, son ventre qui prend du bide et ses poignées d'amour le contrarient, il va devoir y remédier, si c'est possible encore. Cette stature pleine, massive, puissante, il l'a sculptée à l'adolescence, en alignant les longueurs jusqu'à devenir jeune espoir de la natation, il aurait pu décrocher des médailles d'or, il est sorti des bassins, saturé de ce sport d'autiste où on ne voit rien, n'entend rien, ne partage rien. Il a tâté ensuite le hand, deux saisons, « t'as du potentiel physique, travaille ta technique », disait son entraîneur. Il a préféré les arrière-salles enfumées des cafés à discuter de la dernière manif et de la prochaine, à s'échanger des gnons avec le service d'ordre de la CGT.

C'est à la trentaine qu'il se mettra à courir, deux ou trois fois par semaine, une heure et quelques sans chrono, juste pour s'entretenir, évacuer le trop-plein des tensions. Il emportait toujours des baskets dans sa valise de reporter, sa manière aussi de cueillir la beauté d'une ville. Lui revient un parc de Buenos Aires, l'herbe rase, les arbres noués, le soleil tiède du réveil et ce banc où il s'était reposé après l'effort. Lui revient encore la corniche d'Alexandrie, la fraîcheur de la brise, des gamins plongent d'un rocher pour épater les amoureux, au large des pêcheurs relèvent les filets dans une lumière qui rougit. Après son bouquin sur Lyon, il écrira ses voyages, pour ne pas les perdre.

Jean bleu, cachemire noir à même la peau, pieds nus dans des mocassins de daim, il boit un café debout sur le pas de la porte de son bureau, une habitude. Son chocolat au lait déjà il le prenait comme ça, « tu peux t'asseoir à la table » lui répétait sa mère, il était pressé de profiter de sa journée, ne voulait pas en perdre une miette, cette urgence ne l'a pas quitté, même à Boissac où il s'est fixé un programme, matin course et pages d'écriture, jardin et lecture l'après-midi. Il entend déjà le débat, Henry raillera cette retraite campagnarde, « un enterrement », Louis s'en inquiètera, « tu vas vite t'emmerder », Romain le soutiendra, « aucun compte à rendre, si ce n'est à toi », Manuel restera prudent, « on ne peut jamais être à la place d'un autre ». Leur amitié se noue de cette répartition des rôles qu'ils bousculent parfois pour se moquer d'eux-mêmes, de leurs manies, de leurs travers, de leurs blagues qui finissent par être drôles à force de les répéter. Elles lui sont précieuses ces ribouldingues à cinq, une parenthèse, un temps partagé pour de nouveaux souvenirs. Il a raconté ses amis à Marion, elle les connaît presque comme si elle les avait vus, les appelle par leur prénom. Ce week-end, elle est chez ses parents en Normandie, à Bois-Robert, où il est allé un dimanche, il a bien plu à sa mère, un peu moins à son père qui accepte mal qu'un homme de presque son âge conte fleurette à sa fille chérie. Lundi il l'encouragera à accepter Washington, il ne se sent pas le droit de la retenir. Avant de partir, elle passera quelques jours ici, ils cueilleront les champignons d'après la pluie et mangeront au retour des châtaignes brûlantes.

Il allume l'ordinateur. Ce livre sur Lyon, sa ville, leur ville, il le porte depuis des années, a convaincu un éditeur en un déjeuner, dans un restaurant marocain près de Beaubourg, deux cent cinquante feuillets pour tordre le cou aux lieux communs colportés par les journalistes, Lyon la bourgeoise, Lyon la catholique, Lyon la provinciale. Il a accumulé notes et témoignages, pages d'Histoire et documents officiels, une mosaïque qu'il lui suffit de mettre dans l'ordre, se rassure-t-il.

Il crée le fichier « L-1 », tape sur le clavier « *Le cinéma a été inventé à Lyon et personne ne le sait* », efface « *personne ne le sait* », écrit « *tout le monde s'en fout* », n'est pas convaincu, assemble les deux, « *Le cinéma a été inventé à Lyon, personne ne le sait et tout le monde s'en fout* », soupire, se lève, ouvre la porte, rêvasse aux feuilles mortes du tilleul à ramasser, au repas de ce soir, aux bouteilles à monter de la cave, aux poissons à acheter au supermarché de Privas, aux quatre lits dans la chambre du grenier, draps propres, repassés par le vent, Romain dormira sûrement sur un canapé de la grange, au pain à retenir chez Solange, au boucher qui ferme à midi pile, au poêle à garnir de bûches, revient à l'ordinateur, sauvegarde et éteint.

Il décide de traverser, verbe d'ici qui signifie « passer de l'autre côté de La Source ». Soit à gué, mais l'eau est haute des orages tardifs de la semaine dernière, soit par le pont Baillet, un drôle d'ouvrage à la trajectoire ondulante, une fantaisie sûrement d'un ingénieur des Ponts et Chaussées qui lui valut sarcasmes de son vivant et témoignages de gratitude après sa mort puisque son pont porte son nom. Ensuite il faut remonter par la rue Étroite, une foutue pente, prendre à droite, par la rue des Fontaines, les fontaines ont été scellées depuis que la flotte a été privatisée, la Générale ne voulait pas que les administrés se servent gratuitement, enfin pousser jusqu'à la rue de la République et la devanture de Solange.

Un poème, cette Solange. Elle tient scrupuleusement des cahiers où elle note les commandes de ses clients. Il lui arrive de se perdre dans ses comptes, alors elle vérifie, ligne après ligne, qu'importe si la boulangerie est pleine, qu'il y a même la queue sur le trottoir comme chez Fauchon un soir de réveillon, tant qu'elle n'a pas trouvé l'erreur, elle ne sert plus. Un jour, juste avant la tombée du rideau, un touriste essoufflé débarque, « vous avez encore du pain ? », « qu'est-ce que vous voulez ? », « n'importe quoi », « ici, on ne vend pas du n'importe quoi, au revoir monsieur », le quidam est reparti tête basse.

Pierre aime bien Solange et vice-versa. Elle lui fait croire qu'il est son seul client à qui elle accorde le droit d'acheter du pain sans l'avoir retenu. Pour ce soir, il prévoit cinq paniols, plutôt six, elle note, oui il a du monde ce week-end, il passera les chercher après la fournée de l'après-midi, oui il a quitté Paris pour vivre à Boissac, Solange sait tout ou presque. Elle lui annonce qu'ils vont céder la boulangerie, elle a soixante-huit ans, est fatiguée de se lever tôt et Raymond son mari a besoin de repos, ils s'installent à Nîmes, près de leur fille aînée, « vous allez me manquer, Solange ».

Direction Chez Jeannot, le marchand de journaux, qui lui met de côté un *Monde* et un *Libé*, il en reçoit une poignée, à dix heures y'en a plus. *L'Hebdo* fait sa couverture sur « *le mal de dos, mal du siècle* », c'est le journalisme qui est malade, le métier est miné par les études de marché, les panels de lecteurs, les régies de pub, les annonceurs, les propriétaires sans foi, ces aigreurs de vieux con il les garde pour lui, n'en dit rien à Marion.

Troisième étape de ses matinées idéales, le Café de la Poste. S'il avait eu un fils, il lui aurait appris à faire du vélo, à planter un arbre et à lire les journaux à une terrasse, il s'invective tout bas, « reprends-toi, reviens au réel », « *L'Europe est entrée en récession* », titre *Le Monde*, il se plonge dans le papier page 8, son portable sonne, Henry, « je viens de choisir les vins, que du sublime, t'as intérêt à assurer au fourneau ce soir », « me mets pas la pression », « et n'oublie pas la camionnette à Mémé, je t'embrasse. »

La camionnette à Mémé, cela fait bien au moins trois ans qu'ils se la trimballent, depuis un week-end garçons dans la grande demeure familiale de Louis, à Lantignié, en plein Beaujolais. Romain avait affirmé avoir lu sur Internet que, pendant la Coupe du Monde de 1998, Aimé Jacquet avait autorisé les joueurs à accueillir des escortes girl de luxe qui, la nuit, rejoignaient Clairefontaine dans un minibus blanc. Depuis, chaque fois qu'ils se retrouvent, il y en a toujours un qui demande à quelle heure elle va arriver la camionnette à Mémé.

Faut qu'il accélère maintenant, passer d'abord chez le boucher, acheter trois tournedos d'un beau rouge, ni trop clair, bête trop jeune, ni trop foncé, la viande a trop attendu, et les faire enserrer dans un filet. Prendre sa Volvo ensuite pour aller au supermarché, le rayon poissons est bien tenu. Déjeuner d'une salade-tranche de rôti froid et d'un verre de rouge, une sieste, vingt minutes pas plus, au-delà on se sent fatigué. Après, décongeler le bouillon, puis pétrir la pâte brisée, découper les pommes, sa tarte Tatin, c'est sûr qu'elle est bonne. Pierre a hâte qu'ils soient là, pour penser à autre chose qu'à Marion.

Il ne répond pas quand on l'appelle Manu, les diminutifs ça réduit les gens à la portion congrue, pourquoi pas Man, Ma, M, et finir en matricule. Lui, c'est Manuel, en toutes lettres, avec accent tonique sur le « el » lui a répété son grand-père Javier, militant du POUM que la France, honte à elle, a parqué dans un camp à Chomérac, en Ardèche, à quelques vallées de la maison de Pierre. Maçon qu'il est devenu, comme il se doit, mais digne de sa vie malgré la défaite. Chaque matin de l'agonie de Franco, et elle fut si longue, il crachait sur *Le Progrès* qui n'annonçait pas la bonne nouvelle. Il est mort avant ce salaud, de tristesse, *querido abuelito*. Il lui avait montré comment trouver de l'eau dans un pré avec une branche de noisetier coupée de frais, « marche doucement, tu vas sentir le bois tordre tes mains », et les lumières de Lyon, les soirs d'hiver, « regarde petit, ils ont éclairé pour toi ». Manuel est né un 20 décembre, il a bien voulu croire que les lampions de la rue Édouard-Herriot clignotaient pour son anniversaire.

« *J'aime flâner sur les grands boulevards / y'a tant de choses, tant de choses, tant de choses à voir* », le concert de Montand, sous un chapiteau dressé à Gerland, son chapeau claque et ses gants blancs posés sur le haut du pied du micro, son timbre chaud et grave *a cappella*, son corps dans les coulisses encore, mélodie ralentie, un merveilleux frisson, c'était en 1983, en avril il lui semble, il vérifiera la date. Manuel chante, tout le temps, surtout des airs de son enfance, le gros Pathé-Marconi dans sa chambre, avec un tourne-disque sur le dessus du poste, la lampe verte qui éclairait ses nuits et ses attentes. Il chante, c'est sa seconde voix, « *toutes les rumeurs, toutes les lueurs / du monde enchanteur des grands boulevards* », baisse le son quand il passe à la caisse automatique, fin de l'autoroute, il a accompli le plus monotone, maintenant c'est les virages d'Ardèche, les montagnes qui deviennent bleues quand le soleil descend.

Il a quitté la préfecture à 17 heures précises, a pris la route directement par crainte des embouteillages, l'A7 est vite saturée le vendredi soir, il s'évitait aussi de passer par chez lui où il ne trouve plus sa place. Marie et lui font chambre séparée depuis six mois, il s'est installé dans celle de Karine, la cadette, partie grandir sous un autre toit. Un petit lit, un bureau, une radio, sa cellule, « plus je vieillis, plus mon espace rétrécit ». La porte d'à côté est toujours fermée à clef par Xavier, leur garçon de dix-huit ans, qui redouble un bac dont il se moque éperdument. Emma, l'aînée, attend un enfant. « *La boucle se boucle* », a-t-il écrit dans son Journal, qu'il tient depuis qu'elle est née, trente-trois ans couchés à l'encre noire, des carnets de procès-verbal, de petits riens minuscules, une première dent, un week-end à Cassis, les vacances en Lozère, les Noëls chez les beaux-parents, des disputes, des notes sur ses films cultes, une idée qui a dû lui sembler lumineuse, quelques aventures, cinq à sept entre midi et deux, le pot de départ du chef de service, ses promotions à l'ancienneté, un pathétique début de poème, « *l'oiseau s'en ira les ailes délaissées* », mais qu'est-ce qu'il bricole cet ahuri ?, la bagnole de devant a ralenti sans prévenir pour tourner à droite, Manuel freine, les pneus couinent, il file un coup de volant, ça va passer, ça passe pas, un choc, un bruit, il roule encore un peu, se gare sur le bas-côté, coupe le moteur mais pas son cœur.

Il est bien désolé le pépé et peut-être éméché aussi. Manuel remplit le constat à l'amiable. Sur la photo du permis de conduire Lucien Georges Marcel André, né à Saint-Vincent-de-Barrès en 1929, a le cheveu noir plaqué en arrière, le regard droit, ce nez écrasé déjà, une belle gueule de paysan accroché à sa terre que le temps a ridée, burinée, déplumée. Manuel pense à son grand-père, le ciment qui lui a brûlé les doigts, serre la main à Lucien et lui conseille d'être prudent.

Le pare-chocs avant de son Scénic a pris une bonne gifle, d'un coup de pied il finit de le détacher de la carrosserie, le glisse dans le coffre, redémarre, il aura au moins un truc à raconter à son Journal ce soir.

« J'ai bugné sur la route d'en bas », explique-t-il.

Bugner, un mot que Pierre avait oublié, vient de bugne sûrement, une pâtisserie qui se prépare à la Chandeleur ou à Mardi gras, se déguste tiède et saupoudrée de sucre glace. On dit « bugne à bugne » pour tête-à-tête, « se prendre une bugne » pour une claque, il se conjugue en verbe. Pierre parlera de ce mot dans son livre. Manuel l'Espagnol est vraiment le plus Lyonnais de tous.

Enfance dans le quartier des États-Unis, les longs HLM de l'avenue Jean-Mermoz, la cour qui écorche les genoux, la mère qui appelle par la fenêtre, la nuit tombe comme une punition, il faut remonter, ses parents y habitent toujours, un quatre-pièces trop grand pour eux maintenant, le papier peint à fleurs qu'on changera l'année prochaine, des cartes postales de Valencia sur le buffet de la salle à manger, son père dans son fauteuil en osier, il ne lit plus *L'Huma*, a voté pour le facteur, la nappe blanche des déjeuners du dimanche, sa mère qui demande encore s'il n'a pas froid, la peine de les voir se ratatiner.

Pierre lui trouve mauvaise mine. Manuel n'a jamais été bien épais, un petit corps aride, comme séché par le soleil, son visage s'est émacié, la peau a perdu son cuivre du Sud, ses yeux paraissent encore plus noirs. Il l'entraîne dans la grange pour l'entendre s'extasier « superbe, bravo ! », caresser la table, « on y mange au moins à douze », essayer tous les canapés, « il cogne bien ce bleu », s'installer sur un tabouret du bar, « deux blancs, tavernier, c'est la tournée du patron », et bloquer devant La Cornue, « c'est quoi cette locomotive ? », « ma Lison », « fais gaffe à la femme alors », « je vais essayer ».

Pierre sort du frigo une bouteille de Grand Ardèche, de chez Latour, un chardonnay délicat, fruits exotiques et vanille en pointillé, son préféré en ce moment, il devient de parti pris.

Ils s'installent sur la table du jardin près de la fontaine, parlent météo, reflets d'or du blanc, mots timides de retrouvailles. Manuel téléphone peu. La dernière fois que Pierre l'a vu, c'était au printemps, pour ses cinquante-cinq ans. « Et la famille ? », « Marie chante dans une chorale, le chef de chœur est beau comme un cœur, ça me rassure. Karine vit une bohême avec un ingénieur informatique au chômage, je paye le loyer, Xavier communique par bribes inaudibles, Emma va me faire papy et selon la caisse de retraite il me reste vingt trimestres à pointer, je me demande si je ne vais pas cocher la case changement de vie, enfin je sais pas encore, je réfléchis. »

Manuel a l'ironie de lui, un jeu entre lui et lui pour se moquer de ses hésitations, de ces décisions qu'il reporte sans cesse à plus tard, comme si celle qu'il avait prise à vingt-deux ans, l'essentielle, la fondamentale, l'avait ensuite précipité dans les doutes où depuis il s'abandonne. Quand Marie est tombée enceinte, ils s'aimaient, ni plus ni moins. Le ventre rond l'a poussé à quitter la fac de droit, à passer un concours administratif, à mettre une cravate pour se rendre dans un bureau de la préfecture où il travaille encore, service des sans-papiers, « la politique de ce gouvernement pue ». Dans la pile il repère ceux qu'il peut sauver, traficote des dossiers pour qu'ils soient acceptés, s'arrange avec les circulaires, louvoie entre les quotas. Le préfet, petit doigt sur la couture du pantalon, veut faire du chiffre, ils sont deux-trois à traîner des pieds, à retarder les procédures, « une goutte d'eau quoi, et toi, ça va ? », « comme aux premiers jours de grandes vacances, mon nouveau statut m'est abstrait encore, j'ai mon livre à écrire et un autre derrière, je ne regrette pas mon choix, il me soulage », « de quoi ? », « de la course contre le temps ».

Ils trinquent, ce Grand Ardèche a un bien joli tempérament. Leurs week-ends garçons, c'est dégustation. Ils goûtent, comparent, se chamaillent sur les parfums et dorment comme des bébés après, Henry a un ronflement qui traverse les cloisons, « à Lantignié, la tête qu'il avait au petit-déjeuner », « il avait prétendu, avec une splendide mauvaise foi, que le Paris-Brest de Louis l'avait barbouillé ». Il arrivera le dernier, un compromis de vente signé à l'arrache, une affaire à se frotter les mains. Manuel a déjeuné avec Romain il y a deux semaines, il vit presque en couple, « c'est dingue », veut ouvrir un club de jazz à la Croix-Rousse, « on est bon pour le comité de soutien ». Pas de nouvelles de Louis, ils sont sûrs d'une chose, il est toujours en bonheur avec Élise, comment ils font pour ne jamais s'engueuler, la question les laisse encore rêveurs, « même Jean-Paul Sartre et Simone Signoret se querellaient », « Pierre Mendès-France et Mélina Mercouri aussi », « c'était terrible paraît-il entre Paulette Merval et Michel Jazy », « rien que de penser à ces couples j'ai le mal de mer », « allons préparer le repas ». Ils emportent bouteille et verres.

Sous un linge, la tarte Tatin attend tranquillement son heure de passer au four. Pierre vérifie du doigt la densité de sa pâte brisée, elle est parfaite, molle à point, il l'a travaillée comme un chef cette après-midi, c'est à dire pas trop, pour qu'elle reste friable, une petite joie. Aux loups maintenant, deux belles bêtes de huit cents grammes chacune, vidées et écaillées. Il commence par émincer trois petites échalotes, le couteau sur la planche de bois claque comme un tambour africain. Il effeuille le persil, qui n'a guère d'odeur, la ciboulette, au parfum alliacé, pointu, chatouillant, et l'estragon, anisé, presque camphré comme une herbe grasse fraîchement coupée. Il les hache grossièrement au mixer.

Manuel se dandine sur le tabouret, un verre bientôt vide à la main, « *qu'est-ce que je peux faire, j'sais pas quoi faire* », « mets un CD et prépare la salade si tu veux ».

Pierre étale au fond du plat le hachis mélangé aux échalotes, pose par-dessus les poissons qu'il a farcis. Il couvre de copeaux de beurre, sale, poivre, arrose d'un verre de pineau, « *qu'est-ce qu'il fait ? qu'est-ce qu'il a ? qui c'est celui-là ?/ complètement toqué ce mec-là/ complètement gaga* », Manuel revient de secouer la salade en dansant, « il est trop chouette ton panier, qu'est-ce qu'il devient Vassiliu ? ».

Qu'est-ce qu'il devient Machin, qu'est-ce qu'elle devient Machine, la question se répète de plus en plus souvent maintenant entre eux, l'âge sûrement, les routes qui s'éloignent, les bouquets de fleurs séchées à de méchants croisements. Pour Vassiliu, Pierre ne sait pas, « *quand j'aurais tant et tant/ si on me laisse le temps* », il adore cette chanson, *Dans ma maison d'amour*, Manuel un peu moins à ce qu'il voit, petite santé l'ami Manu qui veut pas qu'on l'appelle comme ça, finalement lui aussi n'est pas très flamboyant, Marion, Washington. Pierre décrète une pause canapé, change de disque et remplit les verres.

Friday night in San Francisco, Al di Meola, John McLaughlin, Paco de Lucia. Les cinq compères, accompagnés d'Élise et Marie, étaient allés les écouter à Jazz à Vienne, les pierres antiques du théâtre, la foule, les fumets de merguez, le ciel de nuit, les guitares qui s'envolent, « Manuel, c'était en quelle année déjà ? », « 1996 ».

« N'oubliez jamais que pendant que John McLaughlin et Paco de Lucia, les deux coqs, se tricotent des solos sur le dos, c'est Al di Meola qui tient la boutique, une rythmique d'enfer, putain Pierre t'as bâti une cathédrale. » Romain et putain ne font qu'un, sa clef des mots, sa ponctuation, son gri-gri, parents, profs, amis et amours ne sont pas parvenus à le corriger de cet usage abusif, ont abandonné le combat de guerre lasse. Selon Manuel, il aurait trop vu *Mean Streets*. Un soir, chez Henry, il leur avait infligé « ce Scorsese pas assez reconnu » en version originale non sous-titrée. Ils avaient vite décroché et s'étaient amusés à compter les *fuck*, au moins un par réplique, mais ça pouvait monter à trois. Romain, un tendre ascendant soupe au lait, était parti à pied sous la neige. Pour le protéger d'une soudaine colère, ils ont appris à lui éviter la moindre contrariété. Il tient à la cathédrale, va pour la cathédrale. « Les vitraux », dit Romain en pointant du doigt les fenêtres verticales, « le tabernacle » en désignant le poêle, « l'autel » c'est le bar, « la cène » c'est la table et « le confessionnal » les canapés où Pierre et Manuel sont vautrés. Satisfait de son effet, il conclut son entrée d'un résonnant

« Messieurs, bonsoir ! »

Romain, l'efflanqué d'hier, a encore pris du mauvais volume, au ventre, au cou, aux joues, il a gardé ses cheveux en bataille que brosses et peignes n'ont jamais domptés, et ses yeux limpides, bleu-étincelle. Ils se lèvent, l'embrassent, lui tapent sur l'épaule, « t'aurais pas grossi un peu ? », « la vie en couple ? », « commencez pas à me chercher ». Pierre lui tend un verre, Manuel le remplit et s'inquiète de Louis, « il est allé faire pisser le chien. Prostate, diabète, arthrose, vue basse, à moitié sourd, même à la SPA ils le reprennent pas à l'argus. En plus il pète, putain une horreur, on a roulé les glaces baissées. »

Louis pousse la porte, en coordonné de marron, pantalon de velours à côtes fines, col roulé en pure laine vierge, dans la voiture Romain l'a traité de « gentleman-farmer de catalogue », suivi de Rabeau, Rabeau de la Barberie et de quelque chose encore qu'ils ont oublié, un pedigree à rallonge, une appellation contrôlée qui remonte à loin, ils l'ont connu tout petit, joyeux et frétillant, puis setter irlandais splendide et galopant, le voilà qui traîne la truffe de détresse. « Élise participe à un congrès de gynécos à Madrid », s'excuse Louis en allant vers le frigo avec une glacière, « menu de samedi, top secret, qu'il n'y en ait pas un qui fouine, y'a la part de Romain aussi », « ta fille ne s'occupe pas de son chien ? », hasarde Manuel, Romain lui fait signe de remettre le dossier Jeanne à plus tard.

Rayon cuisine, Louis procède avec méthode, suit les livres de recettes ligne par ligne, l'improvisation, il s'en méfie, respecter les proportions tel est son principe aux fourneaux. Les persiflages que cette position provoque cessent à la première bouchée, pour lui la meilleure des reconnaissances, et ses desserts sont salués comme des hymnes de félicité. Là encore il reste modeste, cite une phrase trouvée dans un journal, « *la pâtisserie, c'est des mathématiques, il suffit de ne pas se tromper dans les additions, alors que la cuisine, c'est de la littérature, un adverbe de trop et le plat est indigeste.* »

Il sort de sa poche un paquet neuf. Il a beaucoup fumé, s'est souvent arrêté, pour les 14 juillet, les 1er janvier, ou ses anniversaires, a cessé pour de bon un 10 mars, celui de 2001, « une date creuse sauf pour les gens qui sont nés ce jour-là et pour moi, mon *Odyssée de l'espace* ». Il ne s'accorde qu'une entorse, les week-ends garçons. Le lundi, il porte ses vêtements chez le teinturier, oublie aussi sec le geste et le goût de la cigarette.

« Pierre, remplis mon verre, tes tomettes sont superbes, on dirait qu'elles sont là depuis des lustres », « y'a un archevêque enterré dessous », « plaît-il ? », « Romain a été pris d'une soudaine bouffée divine », « buvons le vin de messe alors », « et trinquons à la grange de Pierre, elle invite aux ripailles », « les yeux dans les yeux, sinon c'est sept ans de sexe triste », « à ta grange ! », « de toute manière, le sexe ça finit toujours par être triste », « tu parles pour toi Manuel ? », « c'est un point de vue général que j'exprime », « à la grange alors ! », « Pierre t'as déjà baisé ici ? », « non, le peintre a fini hier », « même pas avec Lison ? », « c'est qui, Lison ? » « sa cuisinière », « t'as une cuisinière ? », « oui, une La Cornue », « je comprends rien, j'aurais dû arriver plus tôt ».

Pierre les invite à s'accouder au bar, passe derrière en vendeur payé à la commission, « manettes en nickel satiné, excellente prise en main, doigté de précision, façade en inox, entretien facile, deux fours dont un à chaleur tournante, regardez les volumes, de quoi cuire plat et dessert de concert », il ouvre et ferme les portes, « de la belle ouvrage », allume les brûleurs, « cinq feux, vous ne serez pas déçus, écoutez le bruit du moteur à bas régime, une horloge », « arrête, tu m'excites », «ça roule au charbon », « j'ai pigé, Lison, *La Bête humaine* et Pierre en *Gueule d'amour*», « t'es trop fort, on te garde Louis », «merci, mais j'ai faim », il pique la dernière rondelle de saucisson.

Pierre met le bouillon sur feu doux et le four en préchauffage léger, cent degrés, le mesclun est prêt, la sauce de salade ça ira vite, une heure de cuisson pour les poissons, une dernière bouteille de Latour, le bouchon émet un son de silencieux, « comme dans *Les Tontons flingeurs* », « nous passerons à table dans quarante-cinq minutes à peu près ».

« Et au menu ? ». «Des loups à la douce avec un

risotto de curcuma », « le curcuma, c'est quoi ça ? », « j'avais pas de safran », « ça m'en dit pas plus », « le Henry, il arrive quand ? », « à l'entrée », «Pierre, remets un coup de blanc », « c'est pas du blanc mais du Grand Ardèche », « alors santé », « santé », « santé », « santé », « et la camionnette à Mémé ? », « merci Romain, il fallait bien qu'un de nous se dévoue », « je suis la mauvaise conscience de ce groupe et pendant que je tiens le micro, avant que Pierre nous fasse la leçon, le curcuma, cher Manuel, est une plante vieille de deux mille ans, cultivée en Inde, arôme poivré, goût piquant, musqué, nuancé d'amertume », « la nuance d'amertume me va comme un gant », « je te trouve un peu sous-vitaminé Manuel, passe me voir au cabinet un de ces quatre », « super toubib, je vais pouvoir lire les magazines pipelette et mon horoscope d'il y a trois semaines, s'ils se sont plantés je dépose plainte pour préjudice moral. »

La plaque cuivrée de Louis est vissée boulevard des Belges, un des quartiers très chics et très tristes de Lyon, l'adresse de sa vieille et de sa nouvelle bourgeoisie, Jaguar pour les uns, Cayenne pour les autres. D'un côté une bordée d'hôtels particuliers dont les fenêtres des salons donnent sur les arbres, les pelouses et les verrières du parc de la Tête d'Or, de l'autre des immeubles aux façades chargées d'arabesques avec portes d'allée en fer forgé, et au milieu, matin et soir, un couloir d'embouteillages. « Les riches tombent malade aussi, le stress de la réussite, l'angoisse des placements risqués, les lions du parc qui troublent leur sommeil », réplique-t-il chaque fois qu'ils le charrient sur sa clientèle.

Sur son acte de naissance, il était écrit que Louis serait docteur. Le grand-père, toubib de campagne à Lantignié, ne buvait jamais de beaujolais, « des piquettes », préférait l'aristocratie des bourgognes, sa cave en était pleine. Il est mort d'une crise cardiaque, à quatre-vingt ans passés, au chevet d'un vigneron qui avait attrapé froid. Le père de Louis avait déjà pris le large, ouvert un cabinet à Lyon, rue Mercière, les putes du quartier qu'il guérissait de maladies honteuses le payaient en liquide. À la retraite maintenant, il vit dans les Monts d'Or avec une jeunette de cinquante ans, VRP en lingerie fine.

Louis a donc fait médecine, comme avant le fils aîné reprenait la ferme. Il a rencontré Élise sur les bancs de la faculté, une jupe gitane, des cheveux longs et soyeux, un rire en chanson douce, il a mis du temps à oser se déclarer, elle avait la réputation de renvoyer à leurs études les carabins qui s'approchaient, il était persuadé pourtant que c'était elle qu'il devait épouser, il l'a connue grâce à Romain qui l'avait vaguement dragouillée avant de la classer « bonne copine ». Dans les couloirs de la fac, ils allaient toujours par trois, jusqu'au soir où Romain leur a fait faux bond sans prévenir et Louis a enfin pris la main d'Élise.

Ils se sont mariés à la mairie de Lantignié l'année où

elle se spécialisait en gynécologie. Le père de Louis est arrivé pour le buffet, accompagné d'une coiffeuse maquillée comme un camion d'occasion, lui a souhaité plein de bonheur, il fallait qu'il file, il avait de la route. Par un mouvement qu'il ne veut pas comprendre malgré les explications rationnelles d'Élise, ce père lointain, incapable d'attentions, déborde d'une affection passionnelle pour Jeanne, lui passant tous ses caprices, la couvrant de cadeaux, l'appelant « ma Reine » et elle, évidemment, elle adore son « papy gâteau ».

« Salut les filles !, désolé pour le retard, l'acheteur était coriace, j'ai dû sortir le grand numéro. » Henry, une caisse de vin dans les bras, aperçoit Rabeau qui tente de se mettre debout à son arrivée, « mais y'a Dagobert, le Club des Cinq, le retour ».

« Ta baraque maintenant, elle vaut dans les 300 000, au bas mot », « passe ton chemin vautour », « t'es un affectif, ça t'a toujours perdu ». Sixième 3, salle 129, lycée Saint-Ex, « *what is your name ?* », « *maille nème iz Pierre* », « je ne vois pas ce qui fait rire votre voisin, quel est votre nom ? », « Henry ». En cinquième, ils inventèrent un système de pompes infaillible, il ne l'était pas. En quatrième, ils durent se coltiner *Bellum gallicum* dans son intégralité, Henry avait acheté une traduction française qu'ils traficotaient pour rendre des versions différentes, leur copie vrillait jusqu'à l'absurde le récit de Jules César, « mais où êtes-vous allé chercher ça ? », grondait le vieux Monsieur Ponsard, agrégé de lettres classiques peu sensible au coq-à-l'âne de leurs cadavres exquis. La tâche occupait leurs jeudis après-midi, allégés par la lecture du dernier numéro de *Pilote*, Astérix, Goscinny, Uderzo, l'autre point de vue sur la *Guerre des Gaules*. Sur leur Teppaz, fabriqué boulevard de la Croix-Rousse, Otis Redding, entendu la nuit au Pop Club de José Artur, tournait en boucle, *The Dock Of The Bay*, sa mort les bouleversera parce qu'ils venaient juste de découvrir l'éternité de sa voix. L'interminable feuilleton publicitaire de l'arrivée des « Ronds rouges », d'abord minuscules, puis petits, enfin de plus en plus gros sur les affiches, les passionna, source de nombreuses supputations sur ce qui se cachait derrière, et d'une vraie déception quand apparut le logo d'une marque d'essence. Ils préférèrent alors les murs de l'usine Scandale, le long de la rue Hénon qui les menait à Saint-Ex, imaginaient que des femmes essayaient des soutiens-gorge, Henry avait trouvé sa vocation, « essayeur d'essayeuse ». En troisième arriva Mai, dont ils saisirent une seule chose, faire grève c'était si bon. L'année suivante, ils furent de toutes les délégations pour aller porter les justes revendications dans les lycées de jeunes filles. À Récamier, Henry fut électrifié par une pasionaria de dix-sept ans, le verbe de Flora Tristan, l'énergie de Janis Joplin, la beauté de Mimsy Farmer. Il sombra aussitôt dans les pires tourments, poireautant devant la grille à la sortie des cours, remontant les manifs, dans l'espoir de l'apercevoir.

Pierre adhéra à une organisation qui prônait l'autogestion. De dépit amoureux, Henry le suivit dans le local bourdonnant d'une jeunesse sûre d'elle-même et du futur, au rez-de-chaussée d'un immeuble délabré, s'intéressa peu aux débats sur les fonctions d'un gouvernement de transition, restait quand même tard pour discuter avec « les camarades-femmes du MLF ». En terminale, ils écopèrent du même jugement définitif sur leur bulletin de fin d'année, « *Élève suffisant et insuffisant* », arrachèrent le bac à l'oral, mention passable. Lettres pour Pierre, Droit pour Henry, sans souci de ce que deviendrait leur avenir. Pierre militait toujours, montait dans la hiérarchie, secrétaire de cellule, comité central à Paris, Henry payait sa cotise et vagabondait. Un soir, dans leur appartement désordonné de la rue des Tables-Claudiennes, il rentra tout sourire aux bras de sa belle de Récamier, retrouvée à la fac. Son bonheur fut de courte durée, elle lui fit payer cash les mille siècles de domination masculine.

« 300 000, ça vaut quoi ? », interroge Manuel. Pour Henry, « un seize mètres gonflé de voiles capable d'affronter toutes les mers par tous les vents et des suites dans des hôtels cinq étoiles pour les escales », « t'as toujours eu des goûts de luxe », « précision, du bon goût ». Romain, « à ce prix-là je m'en vais, un voyage sans fin, Reykjavík pour m'émerveiller des aurores boréales, l'Australie pour manger des vers avec les Aborigènes, l'Équateur pour entendre un vieil Indien quechua me conter toute une nuit la légende de Tungurahua », « Tungu quoi ? », « je vous la résume. Il était une fois Chimborazo, le plus haut volcan du pays, 6 300 mètres de haut. Un bandeau de nuages l'aveugla un long temps. Sa fiancée, Tungurahua, 5 000 mètres sous la toise des cieux, Mama Tungu pour les intimes, en profita pour céder aux avances du jeune Altar. Quand la brume se fut dissipée, Chimborazo alla dire son fait au blanc-bec. Avec ses 5 300 mètres il n'a pas fait le poids. Altar a pris une telle branlée que depuis il est éteint à jamais. Mama Tungu se réveille parfois, comme si elle appelait son amant et son cri sème la terreur sur les villages accrochés à ses flancs », « même les volcans ont des peines de cœur, c'est rassurant », « voyons les choses du bon côté en écoutant Louis », « je loue une île dans les Cyclades pour Élise et pour moi, et chaque soir, au coucher du soleil, un orchestre philharmonique interprétera du Mozart », « évite le bourdon du *Requiem* », « je préfère l'*Ave verum* », « et notre Manuel, qu'est-ce qu'il en fait des biffetons ? », « j'achète un élevage de taureaux en Espagne, dix mille hectares et le cheval noir de Zorro », « le problème majeur de Don Diego de La Vega, c'est qu'il ne baise jamais », « si, avec son serviteur sourd », « Henry, pour mémoire, Bernardo est muet », « Pierre, tes 300 000 euros ? », « je souffle la bougie, les enchères sont suspendues, je ne vendrai jamais », « si on ne peut plus rêver, mangeons alors, j'ai faim », Louis coupe le quignon d'un paniol.

Pierre retourne les loups, les arrose de leur jus, puis sort les tournedos ficelés du congélateur, « répartition des tâches, Manuel et Henry vous mettez la table, Louis tu nous prépares une sauce de salade », « huile d'olive et citron », «parfait, et toi Romain… », « moi, je te regarde, tu sais que les maîtres-queux m'ont toujours impressionné, on dirait que je serais Catherine Langeais et toi, Raymond Oliver ».

« Madame, mademoiselle, monsieur, bonsoir, nous

sommes heureux de vous retrouver devant le petit écran, qu'allez-vous donc nous préparer, cher Raymond ? », « une salade bœuf ficelle », « nos téléspectateurs vont être ravis », « je l'espère, chère Catherine », « elle était encore fiancée avec Mitterrand ? », « tais-toi, malheureux, on est en direct », « c'était pas en direct, tu confonds avec Au Théâtre ce soir », « on coupera au montage », « pourquoi, cher Raymond, avez-vous placé la viande au congélateur ? », « à la cuisson dans le bouillon, le cœur des tournedos restera saignant, notez bien que le bouillon de légumes est fait maison », « un gage de qualité, et combien de temps de cuisson prévoyez-vous ? », « quatre minutes, pas plus », « comment allez-vous présenter ce plat ? », « sur un lit de mesclun avec une sauce légère préparée par notre ami Louis », « hé !, faut me citer aussi, c'est moi qui ai lavé et secoué la salade », « sors du champ, Manuel, tu vois bien qu'on bosse, nous voilà à la dernière étape Raymond », « en effet, chère Catherine, j'enlève sous vos yeux la ficelle et coupe les tournedos en fines tranches que je dispose encore tièdes sur les feuilles de mesclun », « à table !, j'ai une dalle d'enfer », « putain Louis, t'as parlé sur le générique ». Et Pierre a oublié de mettre en route le risotto.

Dans une grande poêle aux bords hauts, il répand un fond d'huile d'olive puis cinq verres d'Arborio et une volée de curcuma. Il passe ensuite le bouillon où les tournedos ont cuit pour en évacuer les petits cornichons, le persil, la coriandre, la civette, et le verse par dessus. Il remue bien le tout, baisse le feu a minima, laisse cuire tout seul, jamais un risotto ne l'a pris en défaut.

Ils lui ont réservé la place du bout, « celle du président », note Henry qui sort de dessous la table un paquet. Pierre déchire le papier, ouvre une boîte en carton, à l'intérieur des charentaises, « modèle Silencieuses », dit la notice qui précise, il lit à voix haute, « *semelle blanche et feutre naturel, doublure en pure laine vierge, confortable et silencieuse. Douceur, chaleur et discrétion sont au rendez-vous avec ce produit ancestral et intemporel* », « tu chausses bien du 43 ? », « tu sais tout de moi ».

Manuel y va de son cadeau, les œuvres complètes de Jean-Patrick Manchette, « tu connais, je suppose, *La position du tireur couché* ? », « oui, mais je veux bien le relire », « il y a ses autres romans, comme *La princesse du sang* ou *Nada*, et aussi des extraits de son *Journal* qui permettent de mieux comprendre son travail », « merci, c'est une très bonne idée », « moi je t'ai fait dans plus joyeux, quoique c'est du jazz, *Sélène Song*, d'Éric Lhörer, un guitariste subtil, tu écouteras », « et moi, c'est dehors », dit Louis.

Près de la fontaine, dans une caisse en bois, un jeune olivier, déjà bien formé, « tu le mets en terre en novembre, et le laisses tranquille pendant trois ans, après, en février, tu pourras tailler les branches intérieures de manière à ce qu'un oiseau puisse le traverser en volant »,

« si tu savais putain comme on en a chié pour le coucher dans le break, ça pèse un âne mort », « on pourrait peut-être songer à se remplir la panse, ça va refroidir ». Sur le chemin de la grange, ils croisent Rabeau venu à leur poursuite avec sa démarche de guingois, « c'est pas Dagobert, ce clébard, c'est Rantanplan, toujours en retard d'une guerre ».

À table, Henry débouche cinq bouteilles, toutes camouflées d'une feuille blanche et numérotées, puis distribue des papiers et des stylos, « merde, y'a interro et j'ai pas révisé », « t'inquiète pas Manuel, il faut seulement trouver la région d'origine », « et qu'est-ce qu'on gagne ? », « notre reconnaissance », « un diplôme d'excellence ». Alors Romain se lève, « je vous rappelle que l'usage d'appareils photographiques est interdit, même sans flash, et nous vous demandons de bien vouloir fermer vos portables. Bonne soirée. »

Les délices appellent aux souvenirs de délices. Un repas est réussi quand il réveille les papilles des convives, que leur reviennent le craquant d'un légume, la saveur d'une sauce, le fondant d'un gibier, la légèreté d'un gratin. À ce qu'ils racontent des restaurants découverts, à les entendre suspendre des étoiles aux enseignes lyonnaises, avec le brin de polémique qui convient, Pierre est rassuré. son menu a dû vraiment leur plaire. Ils ont avalé la salade de bœuf ficelle en un rien de temps, la faim sûrement. Mais ses loups ont été salués comme « exquis », « légers », « tip top », « parfaits ». Sa Lison ne lui est pas encore familière, il a craint que la cuisson lui échappe, une cuisson douce pour que la chair des poissons reste moelleuse. Ils ont dévoré le risotto, le curcuma, une première pour lui, il recommencera. Il va reprendre du numéro 2, couleur sombre, baies rouges et framboises au nez, ample en bouche, un bourgogne évidemment, un volnay, il ne sait encore d'où exactement.

Manuel commence à prendre goût à cette dégustation à l'aveugle. Tel l'œnologue en stage d'initiation, il se sert un fond de verre, le remue, le respire longuement, avale une gorgée, la tourne dans sa bouche et réfléchit, stylo en l'air, « finalement, quand on fait attention, on voit le paysage d'où vient le vin ». Romain met des plus et des moins sur sa feuille, « après je trierai », Henry avoue un grand faible pour le 3, « un géant, croyez-moi », « j'ai trouvé le quinté dans l'ordre, pour ne pas vous humilier je vous attendrai devant le poteau d'arrivée », « facile avec ta condition de privilégié, ta maison de Lantignié plantée au milieu des vignes », « le beaujolpif, y'a pas mieux pour tuer définitivement un palais, sachez-le camarades », « putain, Louis est passé à gauche ». Il fallait que ça arrive, ça arrive toujours, quoique là c'est un peu plus tôt que d'habitude. Pierre se lève pour chercher le plateau de fromages, des picodons d'une fermière de Boissac, et mettre la Tatin à four bien chaud pour quarante minutes.

« C'est quoi la gauche à part des bons sentiments ? », « c'est déjà ça, tu votes pour les mauvais ? », « je vote pour le moins mauvais », « mais à droite toujours », « non, aux municipales, j'ai mis un bulletin Collomb », « t'as confondu Francisque et Gégé», « je préconise une note de bas de page. Francisque Collomb, maire UDF de Lyon de 1976 à 1989. Gérard Collomb, socialiste, élu en 2001 et réélu en 2007 », « les cheveux blancs à reflets du Francisque », « une préfiguration de pub pour L'Oréal », «et ses costumes bleu Nathier », « Charles Trenet avait les mêmes », « ses discours bourrés de lapsus », « son "*Mitterrand veut donner le droit de grève aux immigrés*" pendant la campagne présidentielle de 1981 », « et le jour où il a déclaré "*Lyon est la capitale de la gastronomie, ce n'est pas moi qui le dis, c'est écrit sur un panneau au bord de l'autoroute*"... j'avais honte pour ma ville », « t'en es où de ton bouquin ? », « au début, rien qu'au début ».

Pierre veut travailler sur la dualité de Lyon. On la dit catho, on la dit franc-maçonne aussi, faudrait savoir, elle n'est plus ni l'une ni l'autre. On la dit bourgeoise et réactionnaire, elle fut la cité des Canuts qui ont inventé le drapeau noir et le syndicalisme, il suffit de relire Marx. On la dit fermée et peureuse, mais les soyeux en quête de marchés ont parcouru le monde, il existe une rue Fourvière à Shanghai. On l'a cataloguée à droite, elle a élu deux fois un maire de gauche, « elle est insaisissable, c'est là sa poésie. Elle trouble parce qu'elle a été bâtie entre deux fleuves, un Rhône qui roule des mécaniques comme un marlou de guinguette qui a la permission de minuit, et une Saône qui n'en fait qu'à sa tête, déborde à chaque printemps. C'est une ville entre les frères Lumière et l'obscurité des traboules ».

« Je signe ton manifeste si tu mets un chapitre sur l'Olympique lyonnais », « ils jouent dimanche soir contre le PSG », « Louis, on ne te connaissait pas amateur de foot à suivre le championnat », « j'étais invité par un labo », « tu nous rassures », «ce n'est pas de cet OL-là dont je veux parler, mais celui de Nestor Combin », « Fleury di Nallo », « Marcel Aubour », «Jean Djorkaeff », « l'autre jour j'ai retrouvé mes autographes, ma mère les a gardés », « et Angel Rambert, un ailier gauche magique », « son frère, Nestor de son prénom, a joué une saison à Lyon », « Nestor Rambert, il vient d'où celui-là ?, n'importe quoi, t'as rêvé », « non, mais c'était une chèvre », « je te parie une place en tribune officielle que ce mec n'a jamais porté le maillot de l'OL », « tope-là et prépare le chèque », « on peut venir aussi, on est témoins », « ça va lui coûter bonbon cette affaire », « il est riche », « tu parles de Romain ? », « non de Henry évidemment », « et Alzheimer, il évoluait à quelle place ? », « je m'en souviens pas bien, demi-droit je crois », « ça existe plus », « pourtant ils sont toujours onze sur le terrain », « peut-être que les règles ont changé », « peut-être ».

Soudain un bip, suivi d'un autre, puis d'un troisième. Pas de doute, ce carillon annonce un texto. Henry se dénonce aussitôt en levant la main. C'est donc lui qui n'a pas fermé son portable. « J'ai fait une connerie », dit-il penaud, « t'as couché avec une voisine », « comment tu sais, Pierre ? », « parce que pour un mec comme toi, il n'y a pas pire connerie ».

Henry, sacré Henry, incorrigible Henry, inassouvi Henry. Du temps où ils partageaient l'appartement de la rue des Tables-Claudiennes, Pierre l'avait tant de fois tancé, « quand cesseras-tu donc d'avoir la queue en démonte-pneu ? », « le sexe est révolutionnaire », répondait-il alors. Plus tard, rangé pourtant des manifs, il a continué à courir à tort et à travers. Pour se calmer, s'installer, vivre un truc normal avait-il prétendu, il s'est marié avec Béatrice qui, lassée de ses incartades, a fini par s'en aller, avec leurs jumelles, à Bordeaux. En train, de Lyon, il n'y a pas plus loin. Pendant de rares week-end, il a essayé de rattraper ce qui ne se rattrape jamais, une sortie de l'école, un goûter, des chagrins à consoler, leur anniversaire avec des copines, leurs premiers copains, la musique qui passe sous la porte, « oh ! les filles, vous pouvez pas baisser un peu ? », elles ne l'écoutent plus, ses filles, ou si peu, un été il les a amenées dans un club Med, plages et cocotiers, il a dû négocier ferme pour qu'ils déjeunent ensemble. La nuit, c'est lui qui était occupé.

Romain reprend du picodon, du pain et du numéro 1, un peu délaissé à son avis, du coup il lui octroie deux plus, « en cas d'erreur sur l'origine, je plaiderai la confusion de fin de repas, l'uniformité des vins, l'emprise scandaleuse du critique américain Robert Parker, la bête immonde de l'impérialisme qui s'infiltre par la bonde de nos tonneaux en chêne, alors cette voisine ? », « on s'est rencontré un matin en sortant la poubelle, elle a des seins attendrissants, arrêtez de vous marrer », « laisse glousser les jalouses », « au lit c'est le paradis, dans la cuisine aussi, dans l'ascenseur encore, dans le parking souterrain », « alors tout va bien, de quoi tu te plains ? », « son mari est policier, il porte une arme sous le veston, cela me fiche la trouille, il va finir par s'en douter et un de ces quatre, il va m'allumer », « débranche la parano », « je voudrais bien vous y voir, et que celui qui n'a pas fauté avec une voisine se dénonce », « moi », « Louis, t'es un mec sans surprise », « ton bonheur nous éclabousse », « même pas un frémissement vers une petite infirmière ? », « un égarement mental pour une patiente ? », « jamais », « et avec une collègue de bureau, ça compte ? », « pareil », « qu'est-ce que t'en sais Romain ?, t'as jamais travaillé dans un bureau », « j'ai lu des livres moi, allez Manuel, raconte », « elle bosse à la préfecture, au service des cartes grises, on a déjeuné trois quatre fois et un midi on n'a pas eu faim, on a pris une chambre dans un petit hôtel et l'habitude de s'y retrouver, le lundi et le jeudi, tout allait bien jusqu'au jour où elle m'a annoncé vouloir quitter son mari pour moi, panique totale, je ne vois qu'une seule solution pour m'en sortir, la marche en crabe », « t'as réussi ? », « je n'ai pas été brillant-brillant, refusant toute discussion, rasant les murs des couloirs, évitant la machine à café et la photocopieuse », « faut pas s'étonner si à longueur de colonnes les magazines féminins traitent les mecs de lâche », « ça va Romain, pas de leçon, tu as dû, toi aussi, mettre le pied en touche », « puisque vous voulez savoir, je vous la fais courte, je vis chez elle maintenant, enfin presque, j'ai gardé mon appart au cas où », « toi en ménage, une grande première, ça vaut un toast, sers-moi du 2 », « la 3 garde ma préférence », « merde, la 5 est vide, je l'ai pas testée », « prénom, blonde, brune ? », « elle a la carte famille nombreuse ? », « trente ans ? »,

« cinquante ? », « grand-mère ? », « marchande de cacahouètes ? », « équilibriste ? », « rouleuse de cigare cubain », « j'en dirai pas plus, à toi, Pierre », « je l'ai fait, mais j'ai une excuse, j'ai beaucoup déménagé », « les faits, journaliste, rien que les faits », « le révolutionnaire, tout membre du CC qu'il fut, va nous avouer une aventure bourgeoise », « c'était en 2000, je la croisais dans la cour, bonjour, bonjour. Un soir, je l'invite à boire l'apéro chez moi, on fume un joint et de fil en aiguille on baise sur la *Flûte enchantée*, un régal. Un texto, un rendez-vous, chez moi ou chez elle, c'était joyeux, sans question. Et puis le 21 septembre, j'envoie « *apéro* ? », j'attends toujours la réponse. J'ai compris bien après. L'histoire a commencé un 21 juin. C'est elle qui a fixé le calendrier, un été, pas plus. Après elle m'a ignoré, m'évitait, changeait de trottoir quand je remontais la rue et elle, la descendait ». Pierre ne raconte pas la scène avec Marion, ils sortaient de l'immeuble main dans la main, la voisine leur a claqué la porte au nez, « une ex à toi ? », lui a demandé Marion, il a nié, évidemment. « La tarte Tatin est prête, crème chantilly ou boule de glace vanille ? », « on peut avoir les deux ? », « pourquoi il grossit pas Louis ? ».

Sensible à la petite fraîcheur de la nuit, Louis a allumé le poêle, les flammes dansent et Django Reinhardt traverse les nuages. Romain a vu un poisson rouge derrière le hublot, « ne vous foutez pas de ma gueule, putain, l'image était fugace, tiens le voilà encore, regardez avec vos yeux, le rêve vous échappe, messieurs, vous vieillissez », « pour mémoire, tu es le plus ancien de la bande, né en janvier de la même année que nous », « c'est quoi ton secret, Manuel, pour ne jamais oublier les dates ? », « je tiens un journal ». Il l'a dit, c'était simple finalement. Une seconde il a peur de se prendre une volée de moqueries, style « tu dessines un cœur sur le point des "i"», « l'encre de ton stylo est turquoise », « fleurs séchées ou trèfles à quatre feuilles ? », rien de ça ne vient, juste un silence, un étonnement, une attente, « tous les jours ? », « tous les jours », « depuis quand ? », « depuis Emma ». Passe *You're driving me crazy*, Manuel raconte.

« Quand Marie est tombée enceinte, j'ai acheté un truc du genre *L'Agenda de bébé*, un cahier pour occuper les mecs pendant la grossesse, j'y ai collé d'abord les échographies, j'étais incapable de discerner la tête des pieds, encore moins le sexe, des images codées pour moi, mystérieuses, puis les photos à la maternité, le berceau transparent, son bracelet, celles du retour à la maison, le bain, le biberon, le sommeil, des commentaires me sont venus, des impressions, des émotions que je ne voulais pas perdre. L'agenda se terminait à six mois, j'ai poursuivi ce plaisir nouveau, un moment de répit, de recul, de respiration, rien qu'à moi et à ma fille, je suis passé à des carnets, le jour et la date soulignés, dessous cinq ou six lignes posées, réfléchies, pour tenter de retenir l'essentiel d'Emma qui babillait, d'Emma qui parlait, d'Emma qui marchait, d'Emma qui dessinait, et puis moi, moi et elle, moi et Marie, bientôt Karine, déjà Xavier, maintenant si je n'écris pas chaque soir, je ressens un manque, et si j'écris c'est sur mes manques, la spirale de l'alcoolique qui boit pour oublier qu'il boit ».

Django fait un sort à *Georgia on my mind*, on n'entend que lui, alors Manuel poursuit, « j'ai eu la très mauvaise idée, il y a deux-trois semaines, dans la cellule qui me sert de chambre, de relire tous mes carnets, dans l'ordre, méthodiquement, une épreuve terrible, des nuits blanches dont je ne me remets pas, ma vie qui passe par un trou de serrure, tant d'années sans relief, sans emportement, sans frénésie, un miroir angoissant de petits arrangements », *Minor swing*, Django Reinhardt et Stéphane Grappelli respirent le jazz, « eux aussi ils ont gravé un instant du temps », « mais sur le bon tempo »,

« chaque 31 décembre, je jette mon agenda, je n'aime pas regarder derrière », « moi j'ai gardé presque tous mes articles, je ne sais pas encore pourquoi, pour mes vieux jours peut-être, mais c'est pas sûr », « quand Jeanne a eu dix-huit ans, je lui ai offert un album photo, dix-huit clichés d'elle, un par année », « elle a aimé ? », « plus tard elle appréciera, enfin j'espère », « c'est ma tournée », « puisque tu écris, Manuel, décroche du quotidien, lance-toi dans un roman, prend l'Espagne par exemple, un élevage de taureaux, le cheval noir de Zorro, une maîtresse insaisissable et toi en narrateur héros », « je me souviens d'une conversation aux Tables Rabattues, "*Écrire le roman de sa vie ou faire de sa vie un roman*", ça vous dit quelque chose ? », « une putain de bonne question dont on cherche encore la réponse, un sujet inutile, une thèse en somme », « les Tables, qu'est-ce qu'on y mangeait mal ! », « le revers du pas cher », « combien coûtait un menu ? », « rien, c'était en francs », « le seul restaurant où la bouffe avait une chance parce qu'elle repartait intacte », « mieux valait pas aller dans la cuisine », « soyons indulgents, c'était autogéré, ça nous allait bien, il y faisait chaud l'hiver », « années 77-80 », « merci Manuel ».

Les Tables, rue Bodin, l'adresse des folkeux, des théâtreux, des danseurs, des peintres, des profs en congé maladie longue durée, des anars, des trotsks, des non-encartés, des antimilitaristes, des féministes, des rêveurs, des revendeurs de shit, des écrivains incompris, une

Croix-Rousse en belle héritière des Canuts. Chacun poussait la porte en fer des Tables, certain d'y retrouver quelqu'un. Pierre et Henry y avaient établi leur cantine, Henry a amené Manuel, en droit comme lui, Manuel qui avait été au lycée Ampère avec Romain, Romain en fac de médecine avec Louis, « les débuts du Club des Cinq mais sans Dagobert qui a une furieuse envie de pisser », Rabeau tremble devant la porte, Louis va lui ouvrir.

L'eau a coulé sous les ponts du Rhône et de la Saône, ils ne sont pas perdus de vue, ont fêté leurs trente ans dans un château, près de Vienne, une nuit disjonctée, le compteur avait sauté, deux heures sans électricité, alcool, cocaïne, sexe, trio de musique sud-américaine, bouffe bio immangeable, « en béton qu'il était le gâteau au chocolat », « la faute à Pierre », « vous étiez d'accord avec ma proposition », « les feux d'artifice ont fait flop sous la pluie », « tout le monde était en blanc », « sauf cette poétesse qui avait cru bon de s'habiller de noir », « la pauvresse », « j'ai gardé en mémoire la scène des poubelles », « ta voisine déjà ? », « je fais celui qui n'a pas entendu, c'était le petit matin du dimanche, avec nos chemises fripées et nos pantalons tachés, nous lancions de grands sacs bleus dans une décharge », « fellinien », « plutôt Kusturica », « musique tzigane et champagne sabré », « Pierre, ouvre une bouteille », « marche bien ton poêle, je quitte mon chandail ».

Pour les quarante ans, ils avaient sérieusement gambergé le concept, occasions d'excellents dîners au Romanée, « chouette resto », « il est fermé maintenant », « dommage », « je me souviens de nos conversations d'alors. Première idée, inviter toutes les femmes que nous avions aimées, problème, ça pouvait provoquer des contrariétés. Deuxième idée, inviter toutes les femmes que nous pourrions aimer, problème, la liste s'allongeait et on n'avait pas leur numéro de téléphone. Troisième idée, louer un bateau, rien que pour nous, problème, on risquait vite de se faire chier », « finalement on a opté pour le champêtre », « un grand gîte rural, au nord de Lyon, avec nounou pour s'occuper des enfants », « et traiteur cher », « il nous fallait bien nous rendre à l'évidence, nous avions changé », «parle pour toi, Henry », « on a quand même fini tous les cinq au jour qui se lève », « la soupe au lard de l'aube, un régal, merci Pierre », « on est rentré à Lyon par l'autoroute, en convoi, avec pour stricte consigne de ne pas dépasser les vingt kilomètres à l'heure », « Louis avait mis les warnings », « c'est une légende que vous entretenez ».

Élise était venue bien sûr, Marie aussi, Béatrice n'était pas restée, les jumelles avaient sommeil, avait-elle prétexté, Henry papillonnait comme il se doit, « Romain, c'était qui déjà, cette longue fille évanescente qui t'accompagnait ? », « une danseuse, j'aurais dû me méfier, les danseuses ont leur corps à la place du cœur », « à part le plaisir du bon mot, tu veux dire quoi ? », « elles n'aiment qu'elles, la représentation d'elles, le regard des autres sur elles », « je connais des employées de bureau troisième échelon qui exécutent aussi des entrechats », « l'amendement Manuel est accepté », « et toi, Pierre, t'étais encore avec Nathalie ? », « on s'était quitté juste avant, qui fait à manger demain ? ».

Louis rappelle son option sur le déjeuner, entrée, plat, dessert, Manuel se propose pour le dîner, « ne me stressez pas, j'angoisse », Romain s'inscrit pour le repas du dimanche, « j'ai pas de famille alors je compense », et Henry pour le plateau-télé du soir, « puisqu'il y a OL-PSG », « il va nous faire une omelette, c'est écrit », « je vous surprendrai ».

« N'empêche, les mecs, pour nos cinquante ans, vous vous êtes déballonnés, petit jeu, je vous en veux encore d'avoir baissé la tête, d'avoir perdu l'envie, j'avais rêvé d'un chapiteau de cirque, de jongleurs, de funambules, de magiciens, de nous en Monsieur Loyal ». À la place Pierre a mis Boissac sens dessus dessous, tournoi de pétanque, barbecue dans le jardin, bal à la salle des fêtes, tee-shirt en souvenir, l'enfer pour préparer seul ces deux jours, tout imaginer, tout caler, tout prévoir, tout craindre. Ils étaient là bien sûr, l'ont aidé quand il perdait pied, « cela aurait été tellement plus beau à cinq ». « Pour les soixante, on s'organise une fiesta qui résonnera jusqu'à Pékin, promis », « promis », ils tapent dans la main d'Henry. « En attendant, est-ce que je peux vous parler de mon projet ? », « la parole est à Romain ».

« Une épicerie fermée, rue Pierre-Blanc, en cassant le mur de la réserve ça fait soixante-dix places, la jauge idéale, des chaises, des tables, un bar pour les recettes, et un son parfait, à cause des voûtes. Un club de jazz, parce que le jazz va revenir, l'électro est bientôt en fin de course, faut anticiper, même les mômes aspirent à des musiciens en chair et des instruments en vrai, le souffle qu'on entend, la corde qui vibre, la fausse note qui est juste, cinq projos, éclairage minimum, on n'est pas au Stade de France. Le premier groupe que je programme, c'est Éric Lhörer Quartet, le CD que je t'ai offert Pierre, on l'écoute ? ». Ils l'écoutent.

« Quelque chose de Charlie Haden et Pat Metheny », Henry dodeline de la tête, «je suis dingue du sax soprano, du son qu'il a », Louis allume une cigarette, « le batteur, putain, rien que de la finesse », Manuel marque le tempo sur son genou, « et la contrebasse, elle chante », Pierre ferme les yeux, « ouverture prévue en mars prochain, un mois de travaux, trente mille euros », « en anciens ou en nouveaux ? », « je comprends pas », « laisse dire, et allumons un calumet, je me sens prêt psychologiquement pour un trois feuilles, je désigne Henry rouleur en chef, c'est lui l'expert, le virtuose du cône », « ok, je retrousse mes manches, apportez-moi le matos », « t'es sûr de n'avoir pas perdu la main ? », « ça s'oublie pas, c'est comme le vélo », « une seule taffe, plus et je tourne en rond », « compris papy », « objection, le papy bientôt c'est moi », « quoi ? », « parfaitement », « tu vas être grand-père ? », « absolument », « normal il a commencé plus tôt », « n'empêche, ça doit te faire drôle », « drôle, pas sûr que ce soit le mot », « champagne encore », « y'a trois bouteilles au frais », « ça devrait le faire ».

Il a d'abord pensé à la pluie, avant que les oiseaux ne s'en mêlent et le ramènent à la rivière en bas, au week-end garçons, chez Pierre, à Boissac. Maintenant le soleil lèche le coin de la fenêtre. Henry a enfin arrêté de ronfler, il va lui conseiller une petite intervention sur la luette. Manuel a eu un sommeil agité, il a prononcé des mots étranges, sa langue secrète, son autre journal intime.

Louis est réveillé depuis l'aube, l'instant douloureux où il y a plus d'un an déjà le téléphone sonnait. Il savait que le sablier de sa mère se vidait inexorablement. Dès la première opération, une métastase sur la troisième cervicale, il avait compris que le compte à rebours était déclenché, rien ne l'arrêterait, ni le corset pour faire semblant d'espérer marcher à nouveau, « le kiné m'a félicitée ce matin, j'ai fait deux pas, je vais y arriver », ni le fauteuil roulant pour la promenade dans le parc, « roule doucement, j'ai peur que tu me verses », bientôt la paralysie, le lit comme une cage, remonter sans cesse les coussins, «j'ai mal mon fils, j'ai mal ». Elle voulait mourir chez elle, le crabe ne lui a pas donné la permission. Le téléphone a sonné, « docteur, votre mère est décédée ».

À l'enterrement, il a consolé Élise et Jeanne, a embrassé des grands-tantes qu'il ne reconnaissait pas, n'est plus retourné depuis au cimetière, le marbre de la tombe est trop froid. Dans le jardin de Lantignié, il a planté un tilleul, son arbre à elle, lui parle, le cajole, arrache les mauvaises herbes autour. Il sort du lit, s'habille et descend sans bruit.

Rabeau remue la queue, se dresse tant bien que mal, le suit dans la cour, lève la patte contre la caisse de l'olivier, manque de tomber, pisse deux gouttes, revient vers lui, épuisé. Lundi, avant d'aller chercher Élise à l'aéroport, il passera chez le véto pour abréger ses souffrances, puis laissera un message à Jeanne, peut-être qu'elle le rappellera, le portable de sa fille est toujours fermé ces temps-ci.

Quand Louis rapporte cinq paniols de chez Solange, le sac de couchage s'agite sur le canapé. Apparaît la tête ébouriffée de Romain, « c'est quelle heure ? », « huit heures », « putain faut que j'accompagne les mômes à l'école », « rendors-toi, Belphégor, y'a pas classe ce matin ». Louis tient un indice, des enfants en primaire. Romain serait-il enfin revenu des Indes ? Il lui en aura fallu du temps pour se remettre de cette fuite. Louis avait épuisé ses arguments, «tu ne vas pas arrêter comme ça, en quatrième année, on a fait le plus dur, on va continuer ensemble, je t'aiderai en séméiologie clinique, te gâche pas, tu iras après, diplôme de médecin en poche, tu soigneras les gens ». Il avait décidé, point. Élise avait convaincu Louis que c'était son choix. Au matin d'une cuite mémorable, Romain était parti avec un sac marin et « un putain de mal de crâne ».

Il envoyait des cartes postales énigmatiques qui mettaient trois semaines à arriver, «Bombay, cette ville est magique », « Bombay, cette ville est folle », « Bombay, y'a trop de monde, je m'en vais », « Pondichéry, la douceur », « Pondichéry, les Français n'ont pas laissé que des bons souvenirs », « Pondichéry m'insupporte », « J'ai été accueilli dans un ashram, la paix, presque le bonheur ». À peine ce dernier message trouvé dans la boîte aux lettres que Louis recevait un appel en PCV de Rome, « j'ai plus un rond, tu peux m'envoyer un mandat ? ».

Comment ça marche cet engin, Lison l'impressionne. Louis finit par repérer la manette du four, la tourne sur 140, réfléchit, pousse à 160, retire la plaque. Dans un saladier, il fouette farine, levure, sucre et sel, Romain ne bouge pas d'un cil.

L'homme qu'ils avaient récupéré à la gare de Perrache avait perdu vingt kilos, ils ont failli ne pas le reconnaître. Ils l'ont installé dans la chambre d'amis, lui ont réappris Lyon, le marché du quai Saint-Antoine, le jardin du palais Saint-Pierre, les biches du parc de la Tête d'Or, l'ont emmené au TNP où il s'est endormi, au Huitième, où il a regretté le départ de Marcel Maréchal, c'est ici qu'il avait découvert le théâtre, *La Paix* d'Aristophane, « une putain de bouffée d'air frais », il se souvenait encore des couleurs des décors de Jacques Angeniol, du comédien Bernard Ballet virevoltant sur le plateau, de l'énergie que lui avait donné ce spectacle mais pas de l'année de sa création, « automne 68 ou printemps 69 ? ». Il s'est requinqué doucement, aidait Élise à réviser son internat, s'occupait des repas, c'était curry d'agneau, curry de crevettes, chutney et poulet korma de rigueur.

Louis ouvre un placard, cannelle et pavot sont à portée de main, Pierre pourrait ouvrir une épicerie fine. Du bout des doigts, il mélange, creuse un puits, verse du lait, façonne une boule, l'étale, la découpe en ronds avec un verre, pose les scones sur la plaque, enfourne.

Élise lui avait déniché un appartement au fond d'une impasse, sur le bas du boulevard de la Croix-Rousse, au 59, et Louis, un travail, visiteur médical. Romain a acheté un costume gris en refusant de l'essayer, « ça ira bien comme ça », il était un peu court, l'a porté six mois. Il ne supportait pas les salles d'attente, « des nids à déprime, ces gens qui mouchent, qui toussent, qui reniflent, qui crachent », il détestait ces médecins « toujours pressés, imbus d'eux, de leur réussite, méprisants, arrogants, et qui attendent leur petit cadeau du labo, une caisse de bordeaux, un week-end à Avoriaz. »

Louis débarrasse la table des agapes de la veille, vide les cendriers, entasse les assiettes dans l'évier, s'étonne de l'absence de lave-vaisselle, met les bouteilles numérotées de côté, on ne sait pas qui a gagné, dresse bols, couverts, beurre et une confiture de marron à laquelle il ne résiste pas, sur un bout de pain frais, un régal.

« Tu parles d'une nuit de noces, je m'en souviendrai, il devrait réviser sa chaudière à mazout, elle est salement encrassée », râle Manuel, « le matin il faut me parler avec amour », se défend Henry qui le suit, « un café, serré », réclame une voix étouffée. Manque plus que Pierre. Il arrive avec ses charentaises aux pieds, sifflets, applaudissements, « t'es trop sexy ainsi », « marche en croisant les jambes comme Naomi Campbell, appuyé gauche, appuyé droit, garde le rythme », « elles te vont comme un gant », « il est pas beau, notre retraité ! ».

« Ça sent bon », Louis présente ses scones dorés à point, la machine à café tourne à plein régime, « t'as des dosettes de Colombie ? », « et les journaux, Louis, ils sont où les journaux ? », « j'ai oublié », « on ne peut plus faire confiance au petit personnel », « j'attends tes œufs brouillés, compère », « demain peut-être », « chapeau pour tes gâteaux », « ce beurre est génial, il vient d'où ? », « des Halles à Lyon, un beurre aux algues fabriqué par un artisan qui vit près du Mont-Saint-Michel », « Pierre, tu me donnes le tournis, tu peux pas t'asseoir, putain », « tu parles comme ma mère, sauf qu'elle ne disait pas putain », « l'ananas le matin, ça décrasse bien, je vais m'y mettre plus régulièrement », « non, Louis, pas de clope au réveil », « je suis debout depuis six heures », « t'es malade, toubib ? », « non, matinal », « le marché de

Privas ferme à midi, on ne doit pas traîner », Romain réclame un quart d'heure, le temps de préparer son plat pour le déjeuner du dimanche, « ta voisine, elle a deux enfants, CM2 et CE1 ? », « pourquoi tu me demandes ça, Louis ? », « t'en as parlé au réveil », « pendant la guerre d'Algérie, les médecins militaires assistaient les tortionnaires, tu es de cette race-là, toubib, alors j'avoue, trop de coups avec l'annuaire, de lampe dans la gueule, d'insultes, de menaces de gégène, t'étais pas loin, capitaine borgne, une fille en CE2, un garçon au CP », « trente, trente-cinq ans alors ? », « qu'est-ce que vous me donnez en échange de son âge, de son poids et de la taille de ses bonnets ? », « notre amitié », « allez vous faire foutre », « les bonnets j'ai jamais compris, qu'est-ce qui compte le chiffre ou la lettre ? », « Henry, explique à Manuel, t'as bossé chez Scandale », « en rêves troublés seulement. »

Pierre met Dario Moreno, *Si tu vas à Rio, « et tu verras/ grimpant le long des collines/ des filles à la taille fine/ avancer à petits pas* », « t'as rien de plus raide ? », « tu me désespères, Romain, cette chanson c'est un hymne au plaisir, n'est-ce pas, Manuel ? », « père turc, mère mexicaine, Dario a tout compris avant les autres, son apport à la variété française est sous-estimé, Brel l'avait choisi pour incarner Sancho Pancha dans *L'Homme de la Mancha*, il est mort juste avant la première, faudrait tourner un biopic sur sa vie, avec José Garcia dans le rôle-titre », « m'en fous, je veux du lourd ».

Led Zeppelin, *Dazed and confused*, « Jimmy Page, rayon lead guitar, y'a pas mieux », « au lieu de commenter, magne-toi, Romain », « un peu écœurant, ton poisson au petit-déjeuner», « c'est pas du poisson, c'est du saumon que je marine gravelax, gros sel, sucre, aneth, deux citrons, du poivre noir concassé, t'as de la vodka Pierre ? », « oui, au frigo », « et du thé fumé ? », « du Earl Grey seulement », « putain ça change tout », « encore un saumon qui n'a pas eu le temps de rentrer à la maison, de remonter le fil de son histoire », « peu importe, il est jamais sorti de chez lui », « me vient une question », « tiens, Henry a une conscience », « si un commando de défenseurs des animaux libérait tous les saumons d'un élevage, où ils iraient pour pondre ? », « nulle part, ceux-là n'ont pas de mémoire », « qu'est-ce qu'on en sait au juste ? », « rien, cassez-vous, vous m'énervez, allez vous doucher », « et toi, tu te laves pas ? », « pas le temps je cuisine », « tu vas sentir le vestiaire de l'OL », « monte le son, *Heartbreaker* grosse défonce ».

Les voilà tout beaux, tout propres, « inutile d'insister, je ne viens pas, j'ai du boulot au fourneau, elle me convient bien cette Lison, je veux en profiter, déjeuner à 13 heures », « compte plutôt la demie », « pas plus tard, sinon ça va attacher », « on y sera ».

Dehors Pierre retrouve l'olivier dans sa caisse de bois, il sait où il le plantera, en bas du jardin, à l'abri du vent, côté ouest, là où il ne gèle jamais. Cette nuit, il a commencé à lire *Laissez bronzer les cadavres*, signé Jean-Patrick Manchette « *en collaboration avec Jean-Pierre Bastid* », s'est demandé comment on pouvait écrire un roman à quatre mains, Manchette explique dans l'introduction que « *c'était passionnant et hilarant* », rire du noir, tout Manuel est là.

Ils claquent les portières de sa Volvo break, modèle cabossé, ce qu'il lui fallait ici, un couple de Hollandais dans la dèche s'en débarrassait, il a sauté sur l'occasion, « une voiture lourde et lente », dit-il, « comme *Lourdes lentes* », prolonge Henry, le roman d'André Hardellet, son livre de chevet rue des Tables-Claudiennes, « je rappelle qu'il valut à son auteur un procès en pornographie ». Il cite par cœur la phrase qu'André Breton a adressée à Hardellet après voir lu *Le Seuil du jardin,* « *Vous atteignez là en conquérant les seules terres vraiment lointaines qui m'intéressent et la reconnaissance que vous y poussez offre un nouveau ressort à tout ce que je me connais comme raisons de vivre* », puis glisse vers *Lady long solo*, « le mot merveilleux laissé par la belle inconnue, "*prenez patience*", aucune femme ne m'a jamais écrit ça », « normal, tu te barres toujours avant d'avoir relevé le courrier. »

À la sortie du pont Baillet, des traces de pneus sur la route vont droit dans la rivière, « arrête-toi, c'est peut-être la camionnette à Mémé qui s'est viandée, cette nuit j'ai entendu un bruit », « trop tard, Romain, et puis le toubib est pas là, j'ai juste une clef à molette dans ma trousse d'urgence », « ça peut servir pour réduire les factures », « les fractures, Romain, les fractures ».

Louis est à d'autres joies, celles d'un compliqué au chocolat.

« Putain, la 4L d'Henry », là, juste devant, même rouge épais, même fumée noire, même air de mémère poussive, « tu l'avais achetée à une nonne déculottée », « non, à une sœur, infirmière à domicile », « c'est la même chose », « le coffre s'ouvrait dans les côtes », « elle consommait autant d'huile que d'essence », « la virée en Avignon », une envie soudaine de théâtre, de place de l'Horloge, Louis n'en était pas, à Lantignié peut-être, ni Manuel, « je potassais mon concours », trois duvets, trois brosses à dents et roulez jeunesse.

C'était la mode des échasses pour distribuer les tracts des spectacles, les chaises aux terrasses valaient cher et les consommations aussi. Ils avaient dormi au milieu des vignes et des moustiques, avaient vu à midi sous un hangar surchauffé un *En attendant Godot* de triste façon, une mauvaise copie du Living dans une cour et un one man show givré, *Si j'étais moins seul*, Romain se souvient du titre. Ils étaient remontés à Lyon, sales et contents.

Pierre gare la Volvo sur le parking du Champ de Mars, leur montre un café à l'ombre de platanes, derrière les pompes à essence, « on se retrouve là à midi trente ». Ils traversent la rue, *le bon, la brute et le truand*, « et moi, je fais quoi ? », demande Manuel, « le croque-mort », « ça me va », se faufilent entre les marchands de sapes, « deux secondes, j'ai besoin d'une chemise », laissent Romain brasser dans le casier «*fins de série* », passent devant les outils à tout faire, «vous avez du fil à retordre ? », le quincaillier moustachu en attend justement une livraison début novembre, « retour gagnant », admet Manuel bon perdant. Ils jettent un œil sur les bijoux, « regarde ce collier Henry, pour ta voisine aux seins émouvants », « attendrissants, Pierre, pas émouvants, nuance », évitent les dentelles du Puy et s'arrêtent face à un étalage de chaises paillées, de fauteuils d'osier, de paniers de fermière et de cabas en paille, huit euros pièce. Henry ouvre la négo, une manie chez lui, une déformation professionnelle. « Si je prends les quatre derniers ? », le vendeur baisse à vingt-cinq euros, « un petit effort, c'est mon anniversaire », le palier de vingt-deux est atteint, « et je n'ai pas de chance, je suis né le jour de ma fête », l'affaire est bouclée à vingt euros. « Je ne supporte pas les sacs en plastique, c'est dégradant », se justifie Henry, « quatre sacs pareils, ça fait touriste », « Romain, si tu continues, je te ramène à la maison, la couleur de ta chemise, c'est un pari ? », « la seule à ma taille ».

Ils marchent vers le cœur de Privas, par le côté de la mairie, un édifice pompeux et lourd en pierres grises, « un premier prix de laideur », « l'architecte était de l'école stalinienne ». « Messieurs, lance Pierre, maintenant c'est chacun pour soi, chacun son repas, la course aux trésors est ouverte, vous avez exactement soixante-dix minutes, top chrono, bonne chance. » Henry file tout droit vers une marchande des quatre-saisons avenante, Romain sur un étal de livres anciens où il feuillette un bouquin consacré à l'hindouisme, Manuel demande à Pierre de faire équipe.

« Pour réussir son marché, il suffit de prendre le temps, ne pas se presser, ne pas doubler le chaland qui traîne, il y en aura toujours un autre devant, surtout ouvrir ses yeux comme devant un tableau, apprécier les couleurs, sentir, goûter quand on te le propose ». Manuel avale un petit bout de tome à la châtaigne, une rondelle de saucisson, un grain de raisin blanc, son cabas se remplit, « ça fait pas un repas », « non, mais ça te met dans l'ambiance ».

Près de la boutique *Artisans du monde*, une jeune fille à l'accordéon chante des airs de la Volga, belle voix, une présence. Romain a raison, pense Pierre, la musique est chose vivante. Manuel lui attrape le bras, « il y a le mec que j'ai bugné hier ». Lucien Georges Marcel André est encore désolé de n'avoir pas mis son clignotant, s'en excuse encore, «servez-vous, je vous fais un prix. » Citrouilles, betteraves, poireaux, carottes en bottes, céleris, courgettes, poivrons, épinards, poires, reinettes, figues, fromage de chèvre, l'embarras du choix, « ça vient tout de chez moi. » Pierre suggère, Manuel suit, Lucien pèse, les cabas s'alourdissent, « allez, cinq euros, ça ira comme ça », poignées de main, sourires. « Et après ? », « direction boucherie ». Elle est à deux pas, bourrée à craquer, « la meilleure viande de Privas ». Quand ils en sortent, la jeune fille pousse toujours la chansonnette, en italien cette fois. Manuel a l'oreille distraite, « les tendrons de veau, ma *terra incognita* », « je t'aiderai, promis, détends-toi, profite, écoute ».

Les deux autres sont déjà attablés, « excellent, le petit blanc », « le même alors ». L'entretien du président de l'OL dans *L'Équipe* énerve Henry, « Aulas parle de foot avec business plan à toutes les phrases », « fais pas le romantique, le foot c'est de l'économie, de la politique, du spectacle et les joueurs des mercenaires », « Pierre, je ne te savais pas devenu libéral », « je constate, c'est tout, à la vôtre. » Romain montre la couverture du bouquin qu'il a acheté, *Ardèche douce-amère*, d'André Griffon, « l'auteur a une belle plume, j'ai vu qu'il y avait sur la place un café littéraire, tu vas y faire une signature ? », « je ne suis pas certain que Lyon intéresse vraiment les Privadois et avant de dédicacer, va falloir que je l'écrive », « tu n'as que ça à glander », « certes ». Manuel signale l'enseigne, Grand Café du Champs-de-Mars, le « s » à Champ lui plaît beaucoup, « les Champs-Élysées de Mars. »

Sa silhouette dit quelque chose à Henry, son visage lui rappelle quelqu'un, elle vient vers eux les bras grands ouverts, un sourire de Madone en extase, pourtant il est sûr de n'avoir jamais couché avec Bernadette Soubirous, « c'est pas vrai, j'y crois pas, le monde est petit, c'est dingue quand même, qu'est-ce que vous faites là ?, t'as une maison à Boissac, Pierre?, incroyable, j'habite un hameau sur la route du col des Quatre-Vios, j'ai quitté Lyon, assistante sociale j'en pouvais plus de la misère des autres, à vous voir ensemble j'ai l'impression que les Tables Rabattues c'était hier, t'aurais pas un peu grossi, Romain ?, je te taquine, Henry t'es toujours aussi beau, tu sais que tu m'as rendue malade toi, c'est le passé, Manu, excuse-moi j'avais oublié, Manuel encore à la préfecture ?, remarque y'a pas que le boulot dans la vie, si on m'avait dit que je vous retrouverais ce matin, faut que je file, j'ai un rôti sur le feu, c'est quoi ton téléphone, Pierre ? t'es dans l'annuaire, parfait, je vous embrasse, ici c'est trois bises. »

« Comment elle s'appelle ? », « Marie-Hélène », « Huguette », « Maryvonne », , « Marie-Odile, c'est bien pour une assistante sociale », « appelons-la Sœur Sourire », « elle sort d'une cure de silence », « son forfait pro doit exploser », « Henry, fais un effort, retrouve son prénom », « je ne suis pas comme toi, Manuel, je ne tiens pas de fiches », « le coup est bas », « je t'aime, mon gars, c'est ma tournée », « moi, j'arrête, je conduis, les gendarmes sont plantés à tous les ronds-points fleuris », « je vous ai ramené des œufs bio, vous m'en direz des nouvelles », « demain matin, œufs brouillés garantis », « tu les mets au frigo, toi ? », « jamais, une hérésie, un crime », « y'a plus de cacahouètes », « tout te rend malheureux, mon pauvre Manuel », « j'ai été étonné du nombre de jeunes qui faisaient la manche assis par terre au marché », « *Emmenez-moi au bout de la terre/ emmenez moi au pays des merveilles/ il me semble que la misère/ serait moins pénible au soleil* », « t'aurais du être chanteur, Manuel », « c'est pas trop tard », « à la Star Ac' ils prennent pas les seniors », « putain de télé de merde. »

Pierre s'excuse, « deux secondes », et se lève pour saluer des tables voisines, serrer des mains, embrasser, échanger quelques mots, quelques rires. « T'es en tournée électorale ? », lui demande Romain quand il revient, « ce sont des amis de Boissac et de Privas, une jolie bande, des gens magnifiques », « je comprends pourquoi tu as décidé de vivre ici, à voir ces beautés », « Henry, je te préviens, ne viens pas chasser par là », « j'ai compris, domaine réservé, au fait, t'en es où en amour ?, tu ne nous as rien raconté », « les gars, faut prendre du souci, maman Louis va râler. »

Dans la Volvo Manuel rappelle que l'épreuve des vins à l'aveugle n'a pas été corrigée, « je suis certain d'en avoir un, le 3, ou le 4, j'ai oublié le numéro », « à tous les coups c'est toi qui as gagné », « pourquoi ? », « en règle générale, c'est le plus nul qui trouve », « alors je me sens dans la peau d'un vainqueur. » Romain réclame un arrêt technique d'urgence, « tu vas faire baisser la moyenne », « putain, sois bon une fois dans ta vie ». Pierre s'arrête sur le bas-côté, Romain descend, « pas de remarques sur ma liquette pendant mon absence ». Il va au milieu du champ, en plein soleil, le rouge de sa chemise est encore plus rouge, et soudain l'évidence saute aux yeux de Manuel, « le rouge de ta 4L, Henry. »

Louis va installer une Lison à Lantignié, c'est trop bien, comme disait Jeanne par ses étés d'enfance, des journées entières dans la piscine à s'en brûler les yeux. Sa Plume, elle était si menue, deux kilos neuf cents, la sage-femme lui a soudain demandé l'heure et la vague de larmes qu'il sentait monter est restée bloquée à 11 heures 50, ce 20 juillet de l'année 1983. Ce trop-plein retenu souvent a failli le déborder, à ses premiers pas, à ses premiers mots, à ses poésies récitées, « *Le Hareng saur*, de Charles Cros, *Il était un grand mur blanc, nu, nu, nu* », à son passage en sixième, à son bac. Et comment va le compliqué au chocolat ? Il ouvre la porte du four, la meringue ne roussit pas, le gâteau est sous contrôle.

Curry de canard au potimarron, page 130, vingt minutes de préparation, autant de cuisson. Louis vérifie que tous les ingrédients sont là, des aiguillettes à la pincée de piment de Cayenne. En face des trois cuillers à soupe de graines de tournesol il est stipulé, entre parenthèses, facultatif, tant mieux, il n'en a pas trouvé à l'épicerie de Boissac. « *Pelez et émincez finement l'oignon* ». Il s'exécute, passe à l'ail et au gingembre à « *écraser* », aux aiguillettes à « *couper en dès* », cette recette il l'a déjà tentée, un dimanche pour Élise, elle avait adoré, il a apporté le livre quand même pour se rassurer. Il entend la taquinerie de Pierre, « tu fais comme un prof de dessin qui demande à ses élèves de recopier un Picasso sans dépasser », il avait manqué alors d'à-propos, les copistes sont aussi des artistes, au Louvre ils étaient légion. Il entend Romain mettre son grain de sel, « sans créateurs, la musique en serait restée à l'âge de pierre, boum-boum-boum sur un arbre mort », ils ne vont pas tarder, les dés de canard frétillent dans la sauteuse, « *trois minutes* », il regarde sa montre.

Il est 13 heures 30 passées quand ils débarquent, horde bruyante qui l'expulse de son bienheureux silence. Pierre lui a rapporté un paquet de clopes, « merci ami », Romain est en rouge sang, « c'est quoi cette chemise, tu danses dans un groupe folklorique bulgare ? », « putain, tu vas pas t'y mettre », « Louis, ça te dit quelque chose, une brunette assistante sociale qui fréquentait les Tables ? », « je ne vois pas », « nous non plus, sauf qu'on l'a revue à Privas », « une ex à Henry », « oubliez-moi ».

Manuel tente de lever le couvercle de la sauteuse, « fiche le camp garnement », s'approche du livre sur le bar, lit à voix haute « un curry de canard au potimarron », regarde la couverture et hurle, « Louis on l'a répété mille fois, pas de fille dans nos week-ends garçons, tu t'es exclu toi-même du mouvement », « c'est quoi ce bordel ? », « il a piqué une recette dans un bouquin écrit par une gonzesse », « renégat », « scélérat », « franchement, je ne m'attendais pas à ça de toi, tu me déçois », « on croit aux gens et ils vous trahissent », « une si belle amitié brisée par un plat du jour », « carton jaune, qu'on t'y reprenne plus », « vous avez trop chargé l'apéro, allez vous asseoir, la table est dressée dans la cour. »

Henry ouvre une bouteille de beaumes-de-venise, « année 2000, soyez attentifs, le calendrier changeait de siècle », « rien que des inepties colportées par les catholiques incapables d'apporter à l'audience la moindre preuve du certificat de naissance de JC », « d'autant plus qu'à l'époque ses parents formaient un couple illégitime », « même pas un PACS gravé dans la pierre », « les cathos ont eu le culot de remettre le compteur à zéro comme si avant la paille de Bethléem rien n'avait existé », « accordons-nous sur le fait que ce vin est bon », « et que la faim nous dévore », « ça vient, mécréants ».

Pour le foie gras, chacun est instruit de la règle de Louis, « servi chaud avec des toasts froids ou servi froid avec des toasts chauds ». Là, il a choisi l'option réfrigérateur. Sachant les préférences de Pierre, il a aussi pensé au pain de mie, « je t'épouse », « trop tard, j'ai signé avec Élise », « la vie est injuste », « remets-moi une louche de ce beaumes-de-venise », « putain, excellent », « garde de l'appétit pour le curry de canard aux marrons », « non, au potiron », « vous avez faux tous les deux, au potimarron », « un mot-valise », « j'en salive ».

Ils lui rendent un hommage ému, en trois services la

sauteuse est vide, Romain sauce son assiette, « ça c'est du curry, ami Louis, et je sais de quoi je parle, voilà de la cuisine », « goûteuse et moelleuse », « portée par des saveurs et des odeurs », « du nez à la bouche, accord parfait », « l'art culinaire dans sa splendeur », « une cuisine vivante », « c'est pas de la techno », « j'ai dîné chez El Bulli il y a un mois », « alors ? », « alors, une terrible envie d'une omelette baveuse en sortant de table », « dis-en plus, Pierre ».

« Cela commence par une minuscule cuillère avec au bout une perle verte, du concentré d'estragon qui sitôt avalé envahit le corps de la tête au pied, ses effets sont atténués par un verre de thé au miel, une escouade de serveurs, habillés de noir et aux petits soins, se déplacent sur des coussins d'air », « en vrai ? », « c'est une image », « les plats se suivent, une grosse vingtaine, des portions congrues, une soupe d'olives et de fleur d'oranger, une baguette de pain, copie en réduction de la parisienne, entourée d'une fine tranche de jambon, un boudoir qui picote les lèvres appelé « lait électrique », une goutte d'eau, de la mousse à raser, de la mousse pour le bain, de l'azote, un couple de Japonais prenait les assiettes en photo », « et les vins ? », « un sans-faute, notamment un somptueux San Vicente de 1998. À la fin, il est bien minuit, visite de la cuisine, froide comme un laboratoire, et Ferran Adrià dédicace le menu, "*un recuerdo*". »

« Ils prennent les cartes bancaires ? », « c'était mon

cadeau de départ du journal », « tu y es allé seul ? », «avec Marion », « Buuuuut !, pleine lucarne ! », « note l'heure Manuel, elle est historique », « t'as le téléphone de l'AFP ? », « elle s'appelle donc Marion », « un joli nom », « il a les yeux qui brillent », « notre Pierre a tout l'air d'être sous un charme », « je vais chercher le fromage et le raisin, attends que je revienne, je veux pas rater le début, dégage de mes pattes Rabeau, y'a urgence », « ramène du vin, les hommes ont soif sacrebleu ».

Pierre a toujours gardé ses amours pour lui, même Nathalie qu'ils ont quelquefois croisée et puis plus. Un jour il a seulement consenti à leur lâcher «c'est fini ». Ils n'ont pas insisté. Raconter une rencontre, c'est la cajoler, l'embellir, la sortir du réel, et la chute est encore plus cruelle, raconter les sentiments qui s'emmêlent jusqu'à la rupture, c'est entretenir une souffrance, prolonger un désarroi, telle est sa ligne de conduite. Il sait même éteindre ses monologues intérieurs quand une nouvelle aventure le pousse à trop de questions en abîme. Enfant, fils unique, il a abusé de ces échappées solitaires où il s'inventait un frère, plus tard des fiancées inaccessibles, comme cette élève de quatrième 2 qu'il n'osait aborder dans la cour et dont la grâce le bouleversait. Il est parvenu à arrêter sa machine à rêveries amoureuses, se tait sur ses histoires et s'en porte bien mieux, « tu vas devenir un vieux totalement taiseux, lui reproche souvent Henry, compte pas sur moi pour partager la même maison de retraite. »

Est-ce le vin, est-ce ses amis, est-ce Boissac, est-ce le soleil qui chauffe la table, est-ce les oiseaux qui voltigent, est-ce la fontaine qui bruisse doucement, tout cela à la fois sûrement, le voilà qui fait le récit de Marion. Venant de *Libé* elle est arrivée à *L'Hebdo* il y a un an et demi à peu près. Le jour même, son agenda était rempli de déjeuners pour trois mois, les lapins de la rédaction craquaient, fondaient, se lézardaient, déclinaient tous les plans foireux des journaleux, « il est formidable ton papier », «il paraît que tu pars en reportage en Russie, j'ai des contacts là-bas, si tu veux on en cause », « j'ai un sujet pour toi, je me suis dit que c'était dans tes cordes », le chef du service société lui envoyait des fleurs, jaunes toujours. Pierre observait ce manège, s'en tenant à un autre principe, jamais au boulot. En avril, un soir de bouclage, 22 heures 11, alerte rouge, le Premier ministre démissionne. Le mec chargé de couvrir Matignon était aux Galapagos, avec sa maîtresse, l'attachée de presse du président de l'Assemblée nationale, et sa doublure cuvait une cuite carabinée. Pierre finissait de rédiger une enquête sur les containers, symboles de la mondialisation, à paraître dans deux numéros, elle allait s'en aller. Ils ont bouclé les six pages à l'aube, sont allés prendre un petit déj' à la brasserie du coin, c'est elle qui l'a embrassé.

« C'est grand comme l'amour », « Julia Roberts et Richard Gere dans *La Belle et la Bête* », « nous feras-tu l'honneur de nous présenter cette beauté de l'information ? », « le journal la nomme correspondante à Washington », « merde », « trop con », « c'est moi qui, en janvier, ai conseillé au directeur de la rédaction de l'affecter là-bas, café ? », « café », « café », « café », « un colombien pour moi. »

Romain énonce sa théorie, « nous vivons sur deux plaques tectoniques, la privée et la publique, quand l'une bouge l'autre se déplace et vice versa ». Incompréhension générale. « Putain, vous êtes nuls. Un gus décroche un nouveau boulot d'enfer, le turbin qu'il visait sans oser y croire, et le soir de la signature de son contrat il se tape un coup de foudre réciproque avec une superbe nana. Version glauque, l'usine est délocalisée, le mec au chômage déprime, prend du poids, regarde Derrick tous les après-midi, sa femme finit par se barrer avec les mômes, il se retrouve SDF, pigé ? », « objection, le cas ne s'applique pas à Pierre et Marion, y'a un océan entre Boissac et Washington », « et tes plaques tectoniques elles prennent le large », « le futur dépend donc des coefficients de marées. »

Pierre s'en veut d'avoir entrouvert le voile même avec des mots secs, sans affect, le simple compte-rendu à voix haute de cette rencontre le trouble, le ramène à Marion, le démunit, il le savait pourtant qu'il ne devait rien raconter, ne pas lâcher prise. En apportant les cafés il s'attend à être soumis à un feu nourri d'avis, de suggestions, de «si j'étais toi ». C'est Louis qui ouvre le bal, « tu ne vas pas la laisser partir ? », « et je lui dis viens à Boissac, on ouvre des chambres d'hôte », «pourquoi pas ? », «parce que ce poste, elle en rêve », «alors suis-là », «je déteste ce pays, cette ville, et c'est ici que j'ai tant aspiré à vivre », «putain, t'es pas dans la merde », «non, juste un mauvais moment à passer, plus tard j'y verrai plus clair », «et si pour une fois tu changeais de posture ? », «je vais y réfléchir Henry, en commençant par m'accorder une sieste, vingt minutes pas plus », *«si no despues se siente cansado »*, finit Manuel qui connaît la chanson dans sa version espagnole.

Pierre est à peine monté dans sa chambre que ses oreilles sifflent, « il faut le pousser à se bouger », « pas trop fort parce que si tu le brusques, il va nous envoyer balader et la Marion avec », «il va nous refaire le coup de Nathalie », « tu sais ce qui s'est passé, Henry ? », « je peux le dire, y'a prescription, c'est elle qui m'a raconté l'histoire. Elle tombe enceinte, le cache à Pierre car elle se demande s'il va accepter un enfant et finalement elle décide d'une IVG. Pierre l'apprend quelque temps après, se persuade que si Nathalie a agi en secret c'est que l'enfant n'est pas de lui et il rompt », « comme bourrin, il gagne le pompon », « j'ai essayé de recoller les morceaux, il n'a pas voulu m'écouter », « cette Marion, il doit y tenir puisqu'il nous en a parlé », « une fille qui m'embrasserait la première, putain j'en rêve », « elle va vouloir un môme », « deux peut-être », « Pierre dans les langes, ça vaut le détour », « moi, je m'abstiens, question couple je suis mal placé pour donner un avis, vu l'état du mien », « Washington, c'est moins pratique pour les week-ends garçons », « surtout que j'ai peur en avion. »

Louis rend son tablier, il a assez donné pour la collectivité aujourd'hui, s'est inscrit à l'atelier lecture, une chaise longue à l'ombre et *Millenium*, tome II, *La fille qui rêvait d'un bidon d'essence et d'une allumette.* Il a longtemps résisté, les romans à la mode, d'ordinaire, il les évite. Élise lui a offert le tome I, comme tout le monde il s'est laissé emporté, « il y a du Eugène Sue chez ce Stieg Larsson, les morts ressuscitent, et celui qui me raconte la fin je le lapide », menaces inutiles, les autres n'ont pas été tentés par ces pavés. Rabeau le suit à pas traînants, « toi au moins tu me comprends », se couche à ses pieds, écrasé par l'effort. Romain prévient qu'il est saisi « d'un putain de manque de sommeil », va chercher un hamac dans la remise, l'étend au soleil et sombre.

Qui lave ? Qui essuie ? Henry lance la pièce, face, Manuel est de plonge. Depuis la fac il a toujours perdu à ce jeu-là, les polycopiés à récupérer, les feuilles de présence à signer, les exposés à rédiger, le sort chaque fois du mauvais côté. Il était le besogneux des deux, le soucieux, le légitimiste. À la roulette des examens, Henry pariait sur les impasses et remportait la mise. Il a décroché sa licence alors que lui avait quitté les bancs de Lyon-III et lustrait déjà les manches de ses vestons à la préfecture. Pour Manuel, Henry incarne le dandy, le dilettante, un de ces hommes qui prennent tout à la légère, les amours, les études, la vie, qui cultivent la nonchalance, l'art de la distance, l'élégance, la beauté du geste, restent dignes même quand un sale chagrin les transperce, ce genre de type qui vieillit sans l'humiliation des cheveux qui tombent et des poils qui poussent drus dans les oreilles.

« Ça te fait quoi, Manuel, d'être bientôt grand-père ? », « je suis heureux pour Emma, elle le voulait tant, je suis heureux pour mes parents qui l'adorent », « mais toi ? », « je me dis que c'est un joyeux événement dans la logique des choses », « je me demande laquelle de mes jumelles sera enceinte la première », « elles tiennent de toi, Henry, elles vont décider à pile ou face ». Les verres, les assiettes, les couverts sont rangés, le torchon est trempé, le reste séchera sur l'égouttoir, un coup d'éponge sur le bar, un café, « on a été efficace », «la *dream team* ».

« *"Il faut partir du principe qu'on sait toujours tout et qu'on décide de s'en rendre compte quand on est capable d'encaisser la nouvelle"* , tu te souviens Henry ? », « je vois pas », « tu as dit cette phrase quand tu as appris que ton père n'était pas ton père », « vraiment ? », « citation exacte, je l'ai notée dans mon Journal », « c'était pour adoucir le choc sûrement. »

Cet homme qui lui avait donné un nom, son nom, Henry l'a aimé, d'un amour plein de respect, d'écoute, de tendresse. Cet homme lui a appris à ouvrir les fenêtres sur le monde, l'a accompagné sans le juger, a compris ses passades gauchistes, « méfie-toi quand même des prédicateurs », a accueilli les filles qu'il ramenait à la maison, « peux-tu ralentir le rythme, ta mère se perd dans les prénoms ». Et puis ce bel homme-là a senti la maladie le grignoter, a appelé à l'aide le fils qui n'était pas de lui. Henry a abandonné sur-le-champ les bancs de la fac qu'il fréquentait peu pour s'asseoir derrière le comptoir de la petite agence immobilière. Il a vite saisi les règles du commerce, leur cynisme. Le père a observé Henry prendre les rênes, a apprécié les changements de méthode, la rigueur. Il est mort bientôt, un midi d'hiver gris. Le grand secret a été déballé le jour des obsèques par une lointaine cousine qui lui voulait du bien. Henry a été happé par un long trou d'air, ballotté de secousses, une chute vertigineuse, nuits blanches et alcool, matins pâteux, « de qui je tiens, à qui donc je ressemble ? ». Il a rembobiné les doutes qui l'avaient assailli depuis ses culottes courtes, les alertes qui avaient clignoté, les comments il avait su les contourner pour se protéger. Et il a tranché. Puisque sa mère s'obstinait à se taire, terrorisée par la vérité, « tu crois que je suis une femme de mauvaise vie ? », puisqu'elle souffrait de sa propre histoire, il a tiré un trait définitif sur son géniteur inconnu dont il a décidé de ne rien vouloir savoir. Son père resterait son père. L'agence compte douze salariés, quatre antennes, achète, vend, construit, en affaires Henry est pressé, « le capitalisme scie la branche sur laquelle il est assis et l'immobilier va s'écrouler, très vite ». À soixante ans, il se l'est promis, il bazarde l'agence au plus offrant, met de côté pour ses jumelles, ne se consacre plus qu'à la plaisance et à la sculpture, une passion qui lui est venue sur le tard mais l'occupe bien.

« Manuel, pourquoi tu te souviens de cette phrase ? », « je me demande ce que je me cache et à quel moment je vais enfin accepter de l'admettre », « pas de piste dans ton Journal ? », « cet exercice narcissique ne me mène à rien, j'ai décidé ce matin au marché de suivre le conseil de Louis, m'attaquer à un roman », « pense d'abord à qui tu le dédieras », « j'hésite entre l'humanité tout entière qui n'attend que ce livre et ma première bicyclette. »

Pierre les rejoint, visage bougon, il a rêvé de Marion et ce rêve la rend fragile, ça le bouleverse. La rédaction était réunie, assemblée générale, la porte vitrée fermée à clef, il ne pouvait entrer, il voyait et entendait les journalistes l'accuser d'avoir couché avec lui pour obtenir le poste de Washington. Debout sur l'estrade, les mains tenant son ventre rond, elle luttait, ripostait à chaque attaque qui fusait, s'épuisant à convaincre, jusqu'au moment où le chef du service Société lui a jeté un bouquet de fleurs jaunes à la figure, alors elle a éclaté en larmes, vaincue, humiliée, et Pierre s'est réveillé en sursaut.

Il se passe la tête sous l'eau, tape dans ses mains, « action, on descend à la rivière », « va falloir secouer Romain », « je m'en occupe ». Dans le hamac, le soleil l'a cramoisi, « t'es raccord avec ta chemise », « putain, on peut même plus dormir, société de merde. »

Ils se mettent en route par le sentier, à la queue leu leu, Pierre devant, Louis en dernier qui s'inquiète de Rabeau, pourvu qu'il ne les suive pas, le chien se garde bien d'entreprendre une telle promenade, « c'est casse-gueule ton chemin », « enlève tes talons aiguille », « vous connaissez la vérité sur la vache folle ? », « laisse tomber Henry », « ne le prive pas d'un bide », « ok vas-y », « la vache folle c'est un taureau avec une jupe fendue, des talons aiguille, des bas résille et un sac à main », « je la connaissais mais je l'avais oubliée », « Henry, tu as épuisé tes jokers », « chouette des mûres, on aurait dû prendre un sac », « *shit* c'est plein de ronces », « crie pas, tu vas faire peur aux poissons », « y'a des truites *Pierre* ? », « quelques-unes, surtout des écrevisses à patte blanche, espèce protégée. »

Une fin de fête, vers trois heures du matin, un copain d'ici l'a emmené sur les montagnes au-dessus de Privas, ils ont laissé la voiture sur le bord d'une petite route défoncée, ont marché à tâtons entre des arbres sombres, c'était une nuit d'été sans lune, ils n'avaient pas pensé aux lampes de poche, se sont guidés au ruisseau qui chantait, ont attendu en fumant des cigarettes que le jour s'ébroue pour poser les balances, un bout de viande au milieu. Les écrevisses sont aussi craintives qu'imprévisibles, là est le plaisir. Ils en ont ramassé une grosse quinzaine qu'ils ont mangées à midi avec du poulet doré à l'huile d'olive, de l'ail, du persil et un frétillant vin blanc d'un producteur de Tain-L'Hermitage.

« Tu saurais retrouver l'endroit ? », « il faisait trop noir et la pêche est réglementée, les trois premiers jours d'août pas plus », « quand je serai grand je serai braconnier », « fais pas le clown, Romain, les pierres sont glissantes ». Trop tard. L'aplat mériterait un ralenti, les rires fusent en écho, « vidéo-gag en live », « arrêtez de vous marrer, ma liquette est foutue, putain », « elle va juste rétrécir », « ou déteindre », « t'imagines si la rivière devient rouge, alerte à la pollution, les gendarmes qui arrêtent le coupable », « ta photo dans le *Dauphiné* », « t'en prends pour trois ans », « ton avocat plaidera que c'était une fin de série », « vous êtes trop cons ». Romain sort de l'eau dégoulinant, « putain mes baskets sont niquées », « tu t'en fous c'est des Adidas », « non des Converse », « c'était pour le jeu de mot, niquées les Adidas », « pas envie de rigoler ». Furibard, il remonte le sentier, floc, floc, floc, ils le suivent en gloussant, Henry en a des larmes dans les yeux. Arrivés au jardin, Rabeau prend peur et aboie.

Étendus sur un fil, une chemise rouge, un jean délavé, des baskets qui bâillent, deux chaussettes, dont une de trouée, un caleçon, « ces trucs-là c'est toujours froissé quand tu quittes ton futal, une image à faire fuir la plus délurée des coquines, moi je suis plutôt boxer, ça tient mieux », « je préfère être à l'aise, un choix de vie, mon vieux Henry ». Romain est habillé de Pierre, tee-shirt et pantalon noirs, il a rentré le ventre pour le boucler, ça le boudine, et il a remonté les jambes d'un large ourlet. Il reste pieds nus.

Manuel y tient, alors ils cèdent. Va pour les résultats du concours de vins à l'aveugle. « Bouteille numéro 1, roulement de tambour, je déchire l'enveloppe et j'annonce.... un côtes-du-rhône ! ». « Bingo, *one point*, je serai pas Fanny, si on faisait une pétanque ? », « plus tard Romain, plus tard », « il s'appelle comment ton côtes-du-rhône ? », « c'est un gigondas 2001 », « mais encore ? », « attends, ils écrivent de plus en plus petit sur les étiquettes », « Manuel cherche pas d'excuses, t'as la vue qui baisse », « Le Syterres de bois neuf », « si tu le dis. »

« Bouteille numéro 2, roulement de tambour », « tu ne vas pas nous le faire à chaque fois », « si, c'est pour le suspense », « on n'est pas rendu alors », « bouteille numéro 2 donc, roulement de tambour, je déchire l'enveloppe, et je déclare... un bourgogne !, je l'avais deviné », « le jury avait le droit de participer ? », « finis le 2 s'il te plaît », « Henry ne gâche pas son plaisir », « je parie un volnay », « gagné Pierre, un Volnay-Santenots premier cru de 1999. »

« Bouteille numéro 3, solo de cornemuse, je déchire l'enveloppe… un bordeaux ! », « un Lalande de Pomerol 1993, racé, typé », « évidemment, Henry c'est toi qui as acheté les vins, tu t'es fait des feuilles de pompe », « promis que non, mais c'est mon préféré ». « Avant de passer à la suite du palmarès, un petit point sur le classement, qui a tout faux ?, personne, qui a tout juste ?, tout le monde, la compétition s'annonce serrée », « j'ai soif ».

« Bouteille numéro 4, ronflement d'Henry », « l'attaque est indigne, j'élève la plus vive protestation », « le coupe pas, on en a pour des heures », « je déchire l'enveloppe… un val-de-loire, Saint-Nicolas-de-Bourgueil, clos de Vigneau 2002 », « t'es meilleur en plus court », « merci, c'est le métier qui rentre, un détour par l'huissier pour officialiser les résultats, quatre points chacun !, tout va se jouer sur la dernière bouteille, un final époustouflant ! Je ne vais pas vous faire attendre », « non ! ».

« La 5 », « Jean-Claude Bourret », « un ovni passe », « je déchire l'enveloppe… chers amis, la 5 vient du Sud-Ouest, un gaillac, Château Bouscailloux, AOC, cuvée réservée, 2005 ! », « putain je me plante sur la dernière », « moi j'arrive plus à me relire », « et moi j'ai pas eu le temps de goûter à la 5, vous l'aviez bue avant », « dans ce cas, Manuel, nous te déclarons vainqueur, à l'unanimité ! », « merci, c'est une grande journée pour moi, j'suis pas tombé dans le ruisseau et je gagne le concours », « à boire ! ». Pierre va chercher un blanc frais, celui du vigneron de Tain-L'Hermitage qu'il avait découvert en dégustant le poulet aux écrevisses, et trois caillettes, « c'est quoi ça ? », « je reviens et je t'explique. »

« Pour ton épicerie, t'as le nom de l'agence ? », « Bouvard & Pécuchet, un truc dans le genre », « quelle lenteur cet ordinateur, il tourne au gasoil, ce serait pas plutôt Tranchet & Valloire ? », « c'est ça, ça me revient », « si c'est eux, Romain, t'as touché le jackpot, avance la bécane, branche la surmultipliée, mon oncle avait une Ondine, un modèle de Dauphine réservé à l'export, sur le capot du moteur il était écrit « *Quatre vitesses synchronisées* », ça en jetait alors, tu t'en fous de mes souvenirs », « je t'écoute, Henry, mon seul oncle est mort avant que je naisse », « enfance difficile », « *Ne me secouez pas, je suis plein de larmes* », « Paul Éluard ? », « non, Henri Calet », « je préfère, nous y voilà, le site de Tranchet & Valloire est aussi gai que l'annuaire, encore un effort l'Ondine, local commercial, clic, premier arrondissement, re-clic, rue Pierre-Blanc, c'est celui-là ? », « oui, mais qu'est-ce que tu peux faire ? », « un petit arrangement entre faux amis, je les ai sortis de l'embarras dans une carambouille où ils n'étaient pas très clairs, ces deux guignols ne peuvent rien me refuser, me refileront le local sans baragouiner », « et après ? », « l'annonce est pleine de toiles d'araignée, le proprio sera prêt à vendre en dessous du marché »,

« j'ai pas les ronds », « moi si, je te signe un bail gratuit, en échange tu finances les travaux, mais je te préviens, dans cinq ans je prends la tangente sur un seize mètres super équipé », « putain, je *dream* », « *dream* pas trop fort, si tu veux que ton club de jazz passe l'hiver, n'en fais pas un deuxième Sexe ».

Sexe, comme scène expérimentale, le précédent grand projet de Romain. Sa sacoche de visiteur médical à peine jetée, il s'était entiché de culture alternative, avait investi un local à la Croix-Rousse déjà, l'avait équipé de bancs bancals, d'un plateau mouchoir de poche, les fils électriques couraient par terre, les murs suintaient d'humidité, une copine tenait la caisse et laissait entrer gratos les copains, une programmation de spectacles hermétiques, à la fin il y avait toujours à boire et à fumer pour les décoder, un gus de la SACD se pointe, un autre de la SACEM, retards de loyer, les voisins portent plainte, tapage nocturne, flics tous les soirs, visite impromptue de la commission de sécurité, huissiers, une saison en enfer. Romain a mis la clef sous la porte, la serrure était cassée.

Il est devenu régisseur, sans trop savoir ce que c'était, a appris sur le tas avec des jeunes compagnies fauchées, s'est retrouvé sur des tournages de film à porter des gobelets de café au réalisateur, à raccompagner les acteurs à leur hôtel, s'est fait une bonne réputation dans la profession, a pris le virage de la danse contemporaine, Lyon alors en était le centre nerveux, a lu son nom écrit au bas des programmes de la bientôt très célèbre chorégraphe Marjorie Daguerre partie s'installer à Marseille, une salle rien que pour elle, Romain ne l'a pas suivie. De Lyon il était, à Lyon il resterait.

Depuis il jongle avec l'intermittence, deux mois par ci, un mois par là, une création subventionnée, un festival qui se cherche, un téléfilm mou, un son et lumière en costumes historiques, connaît le métier, est connu du métier, et s'ennuie. *L'Épicerie*, c'est comme ça qu'il appellera son club de jazz, « merci Henry », « tchin, mec ».

Quand ils reviennent à la table du jardin, un verre vide à la main, ne reste plus que deux misérables miettes de caillette, « la solidarité, le partage, vous avez tout oublié », « pas de mauvais procès, Henry, nous comparions les mérites respectifs de l'ardéchoise et de la drômoise », « source de vives querelles », « la caillette, alliance de porc, morceaux gras et morceaux maigres, et de blettes », « ou d'épinards », « à manger tiède dans les deux cas », « dangereux pour le cholestérol », « je suis touché toubib que tu te préoccupes de ma santé », « qu'est-ce que vous avez maquillé tous les deux dans le bureau de Pierre ? », « on a fait affaire », « sexuellement ? », « et ta voisine, Henry ? », « j'ai coupé mon portable », « on a droit à du blanc quand même ? », « la part du pauvre seulement ».

Fin de la bouteille. Manuel regarde Pierre, « ok, on y va », Romain propose une pétanque, « sans moi », répond Louis qui repart à la chasse au *Millenium*, Henry accepte le défi, « je te rappelle que ça se joue pieds joints dans le cercle », « cherche pas à m'impressionner, tu perds ton énergie, il va t'en falloir ».

Au marché Pierre avait promis son aide pour les tendrons de veau mais laisse Manuel à la manœuvre. « D'abord préchauffe le four à 160 », « il y a un gâteau dedans », le compliqué au chocolat de Louis, l'oublié du déjeuner, « un séjour au frigo, il sera à point pour le dîner ». « C'est où le bouton ? », « à droite, maintenant tu farines les morceaux de viande, n'hésite pas à y mettre les mains, je te verse de l'huile dans le faitout, surveille-la bien, quand elle frétille, tu les jetteras dedans », « c'est un boulot à temps plein », « ne te laisse distraire », « et quand ils seront dorés ? », « tu les réserveras », « ça veut dire ? », « tu les poses dans ce plat-là avec cette spatule », « merde, je me suis brûlé », « pas le temps de geindre, passe aux lardons, faut qu'ils prennent de la couleur aussi, je te les ai découpés », « ça sent bon », « le premier plaisir de la cuisine ».

« J'ai le droit de boire un verre ? », « à peine une gorgée, la suite est délicate, peler les tomates et les épépiner », « que c'est chiant, regarde, elles s'écrasent dans mes doigts », « je te l'accorde, l'exercice n'est pas valorisant, je te prépare le bouillon de veau, une casserole, de la flotte jusqu'à ébullition et un cube », « tu fais le plus fastoche, une pause-clope ? », « t'es dans le tempo, ne te relâche pas », « y'a des syndicats dans les restaus ? », « même pas », « ils devraient », « bon, maintenant, c'est la grande jetée, morceaux de veau, lardons, tomates, bouillon, deux verres de blanc, thym, laurier, persil, et cinq minutes à cinq mille tours, pour que l'alcool s'évapore », « pourquoi en mettre alors ? », « pour qu'il imbibe seulement », « Pierre je te fais remarquer que le mec qualifié d'imbibé est déjà salement torché », « dans ce cas, utilisation abusive du verbe », « tu veux toujours avoir raison, avec les femmes t'es pareil ? », « arrête le feu maintenant, couvre et mets au four », « combien de temps ? », « entre 1 heure 30 et 2 heures », « la fourchette est large », « de quoi préparer la salade de jeunes courgettes, pistaches et chèvre, de s'occuper ensuite des carottes », « je finis d'abord mon verre, ton Grand Ardèche, il me plaît bien », « t'es bientôt un chef, Manuel », « un chef peut-être, mais sans personne à table, je vais quitter Marie, en fait on s'est déjà quitté sans se le dire. On baise plus depuis au moins un an, on n'a plus de projet, même pas le cinoche du dimanche soir, les filles sont parties, pour Xavier je suis transparent. Elle a sa chorale, ses amis, un amant peut-être, je dors dans une piaule de sept mètres carrés, on s'évite dans le couloir, à quoi ça sert de partager le même appartement ? Je me dis que le temps passe vite, pour moi, pour elle, qu'on ne va pas gâcher ce qui nous reste, me voilà à tenir des propos de *soap opera*, tu sais quand j'ai décidé ?, en pelant les tomates, t'as vu comme elles s'écrabouillaient, c'était minable, je me suis senti pareil, dégoulinant, tout mou, fait chier quand même d'en arriver là, j'ai longtemps pensé qu'on vieillirait ensemble, raté, c'est d'un commun pathétique, maintenant à l'école les mômes qui vivent avec leurs parents ils les regroupent dans des classes de soutien psychologique, si au moins on divorçait dans la haine, le mépris, la vaisselle cassée, on pourrait croire qu'il y a encore de la vie, même pas, ça se réglera à l'amiable, comme avec Lucien, à elle le poisson rouge, à moi l'aquarium, je déposerai du sable au fond et quatre coquillages et le remplirai d'eau bleue, je rêverai devant en mangeant ma soupe en carton, ce sera mieux que *Questions pour un champion* ».

Pierre se tait parce qu'il n'y a rien à conseiller sur ces choses-là, à écouter seulement. « Hier tu me disais que d'avoir lâché ton journal te soulage de la course contre le temps, moi je sais pas de quoi cette séparation me soulage, sûrement pas de ma tristesse, sers-moi un autre verre mon frère, après on s'occupera des carottes, celles qui ne sont pas encore cuites, il en reste, enfin j'espère, santé Pierre, *amor, salud y dinero*, comme ils disent à Cuba ».

13-7 à la première, Romain a eu le triomphe fanfaron, en a fait des tonnes sur ce score « sans appel », dansant la samba à chaque point gagné, a concédé magnanime une revanche qu'il a perdue sèchement, 5-13, avec mille

« putain » à chaque boule lancée. Pour la belle, il vire grincheux car il déteste perdre, depuis toujours, aux billes, à la belotte, à la babasse. Au Griffon, un bar place Croix-Paquet, il n'admettait pas l'idée que le flipper puisse lui résister, il remettait des pièces jusqu'à ce qu'il n'en ait plus. Une nuit récente, il s'est aventuré dans un poker avec deux comédiens hâbleurs et un antiquaire filou, sa paire de rois n'a pas fait le poids, cinq cents euros paumés sur le tapis, il est rentré en donnant des coups de pied dans les poubelles. 7-7, à Henry la mise, « putain comment t'arrives à garder ton calme ? », « je sais qu'il y a des choses plus graves qu'une partie de boules ».

À la sonnerie Louis suspend *Millenium*, Élise l'appelle de Madrid, le congrès n'a pas d'intérêt, elle a hâte de rentrer, son avion atterrit lundi à 10 heures 30, bien sûr qu'il sera à Saint-Exupéry, il n'a pris aucun rendez-vous pour la matinée, « Rabeau ?, il dort à mes pieds », Louis tait la langue pendante, le souffle rauque, « tu as eu des nouvelles de Jeanne ? », elle lui dit que sa fille vit sa vie, qu'il ne doit pas se faire de souci, ça ne sert à rien, Louis reprend son livre, les mots sautent les lignes, vivement lundi.

« Avec les oignons, je pleure pour de bon », « coupe-les plus minces encore Manuel, comme les carottes », « bien patron, et après ? », « tu les feras revenir dans une poêle, avec un peu de thym », « qu'est-ce que tu as décidé pour Marion ? C'est bien Marion ? », « fais gaffe, l'huile surchauffe », « Henry a raison, t'es un foutu taiseux ».

« Putain, j'ai faim, c'est quand qu'on bouffe ? », « t'as pris une raclée à la pétanque ? », « Henry a gagné la belle ric-rac, 13-11, mais je veux ma revanche », « mettez la table, je vais prévenir Louis, il a dû finir de colorier son bouquin », « on dîne dehors ? », « t'es barge Henry, on va se cailler », « on n'a jamais froid sous les étoiles », « la motion est adoptée, tous en pull ».

« Louis, marque ta page, le festin est annoncé », « t'as lu *Millenium* ? », « non », « tu devrais, c'est une histoire de journaliste », « les romans avec des héros journalistes m'indiffèrent depuis longtemps, en plus je ne le suis plus », « foutaises Pierre, on reste toujours ce qu'on fut, même dans la tombe, toubib, prof, garagiste, chauffeur de bus, plombier, t'en as pas fini avec ton métier ».

Manuel a rougi sous les compliments. Sa salade de jeunes courgettes, pistaches et chèvre lui a valu les félicitations du jury, et une mention spéciale vient de lui être décernée pour ses tendrons de veau aux carottes. Alors il se lève, en se tenant au bord de la table, « je remercie mon metteur en scène, Maître Pierre, mon producteur, Monsieur Pierre, mon agent, Pierre tout court, c'est un copain, mon grand-père Javier qui m'a transmis les valeurs éternelles de la république, *No pasaran*, gouvernement de *mierda*, mon père qui mérite bien sa retraite, ma mère, t'inquiète pas, maman, j'ai mis un pull, mes enfants chéris, Emma, Karine et Xavier, leur mère, Marie, on restera amis, c'est trop chouette la vie, et les jambes de Peggy Fleming aux jeux Olympiques de Grenoble, février 68, la télé en noir et blanc, une bouffée d'amour soudaine à la voir voltiger sous les projecteurs, j'en tremblai, dommage qu'elle ait été américaine », « le patinage artistique, c'est pas du sport, c'est du music-hall », « Louis, là n'est pas la question, c'est de ses jambes dont je parle, légères comme des ailes, fuselées, idéales, j'ai tant souhaité pendant les quatre minutes de son programme libre que jamais elle ne s'arrête de patiner, que le public s'en aille, que je reste seul sur les gradins, qu'elle m'invite à la rejoindre, et qu'elle m'apprenne l'amour sur la glace, le chaud et froid, l'extase que cela aurait pu être, le grand huit, sur ce, je crois que je suis un peu torché, je vais me coucher, vous me réveillez pour le dessert ». En partant, Manuel marche sur la queue de Rabeau qui couine.

« Cette Peggy Fleming, il n'avait pas déjà voulu l'inviter pour nos quarante ans ? », « je m'en souviens aussi, il a le phantasme fidèle, une qualité que les femmes devraient nous reconnaître », « c'est toi qui dis ça Henry, tu ne manques pas de culot », « demande-toi plutôt Pierre, si je n'attends pas encore la belle du lycée Récamier », « celle qui t'a haché menu ? », « je rêve de la croiser au hasard dans la rue, ou qu'elle pousse un jour la porte de mon agence », « avec quinze kilos de plus et quatre chiards la morve au nez », « c'est dans un musée que je préfèrerais la retrouver, face à *Rosa la Rouge* de Toulouse-Lautrec, son tableau-miroir, vous avez constaté combien les femmes sont magnifiques dans les musées, en suspens devant les œuvres, figées dans leurs pensées et aériennes, disponibles et lointaines, en abandon », « je comprends pourquoi tu t'es mis à la sculpture, tu prépares ton exposition universelle », « je ne sculpte pas, je soude, c'est ma résilience ».

En rangeant la cave familiale à la demande de sa mère, Henry était tombé sur un fer à souder et un masque qui avait dû appartenir à son père. Il s'était essayé sur la porte dégondée d'une vieille boîte aux lettres, avait été fasciné par les crépitements, les rougeurs du métal, les boursouflures de la soudure, est allé chercher conseil chez un ferronnier, a appris les gestes, la patience, la fusion, les alliages, s'est équipé d'un matériel plus puissant, a loué un hangar dans une zone industrielle en déshérence, là où pousse l'ambroisie. Bouts de rails de chemin de fer, capots de voiture, débris de portail, morceaux divers à l'origine indéterminée, rouillés le plus souvent, des week-ends entiers, torrides l'été et polaires l'hiver, il manie le chalumeau pour composer son bestiaire comme il dit, des figures monumentales, il faudra un engin de levage pour les sortir. Ses soudures, il les désigne par des numéros, la 3, la 21, la 58, sa préférée peut-être, tourmentée comme l'océan une nuit de tempête. Un dimanche il a emmené ses jumelles, elles ont trouvé ça « bizarre », « très chouette », et l'ont rappelé à sa promesse d'un ciné. Ses amis sont venus, en bande complète, une visite qu'il a regrettée, parce qu'il en attendait trop peut-être, un vernissage raté, remarques polies, Pierre l'a encouragé, mais le cœur n'y était pas, Manuel a parlé de la *Sagrada familia*, il n'a pas compris pourquoi, Romain s'est proposé pour les éclairer, alors que l'ombre leur convient, Louis est resté muet. Depuis, personne n'entre dans le hangar. « Maintenant que Manuel et moi avons déboutonné nos premiers émois, à toi Louis ».

Un petit sourire pointe dans ses yeux, « c'était à Lantignié. Ma mère avait décidé de prendre une cuisinière pour les vacances, Fatéma elle s'appelait, une solide femme ronde, une Tunisienne, de Djerba je crois. Un soir, la table était pleine de cousins, de voisins, elle a préparé un couscous apprécié de tous. Mon père a assuré alors que Fatéma avait roulé la semoule entre ses seins, la remarque provoqua rires étouffés et remarques outrées. Moi, ça m'a mis le désir à fleur de peau. Tout le reste des vacances, je l'ai espionnée, guettée, surveillée, par la fenêtre, par la porte entrouverte, espérant voir ses seins nus », « et alors ? », « elle n'a jamais refait de couscous », « dommage », « mais chaque fois que j'en mange je pense à elle », « notez, noble assemblée, que Louis aussi à le phantasme fidèle ».

Romain passe son tour, « j'ai pas de phantasmes, je les réalise tous », « frimeur », « bateleur », « t'as bien un petit truc qui te travaille, fouille tes poches », « lâche-toi, ça sortira pas d'ici », « puisque vous y tenez, la mère de Marc, un mec qui était en quatrième avec Manuel et moi, on allait écouter de la musique chez lui en sortant du lycée Ampère, une grande brune bien en chair, toujours en bigoudis et robe de chambre fleurie, clope au bec, voix éraillée. Un soir je me pointe seul, Marc va arriver, me dit la dame, entre donc. Je m'assois sur le canapé, elle me sert une menthe à l'eau, je bois de travers, j'ai cru que je m'étouffais. Elle me tape dans le dos, sa putain de robe de chambre s'ouvre sur ses cuisses, j'ai une gaule d'enfer, ça faisait un paquet de nuits qu'elle me titillait, la mère de Marc, et la voilà qui me serre dans ses bras, me plonge la tête dans ses seins, me dit qu'elle va me cajoler, que si je veux, je peux toucher, jamais je n'aurais imaginé ça, mieux que tout ce que j'avais pu échafauder, et je prends une trouille panique que Marc arrive, qu'il me surprenne dans les seins de sa mère, putain qu'ils sentaient bon, je me lève et me casse en bafouillant des excuses foireuses. Dans la rue, je marche en collant le cartable sur le jean pour planquer mon bois. Encore maintenant, la dernière image d'elle, assise sur le canapé, robe de chambre débraillée, nourrit mes soliloques, parfois aussi, quand je baise sans trop d'envie, pour fouetter ma libido je l'appelle à l'aide ».

« Je vais finir par avoir raison, à moins que Pierre veuille contrarier les statistiques », « nullement. Elle était première danseuse à l'Opéra de Lyon et cousine germaine de mon père, bien plus jeune que lui. Un jour, elle est venue me chercher après les cours, j'ai attendu que tout le lycée sorte, surtout les premières et terminales qui avaient pour habitude de discuter sur le trottoir. J'ai passé le portail, elle était à l'endroit exact où je l'espérais, sa 403 décapotée garée en double file, son chignon à la Bardot comme cela se faisait alors, tous les mecs la mataient, bouche bée. J'ai pris mon élan, j'ai jeté mon cartable sur le siège arrière, et j'ai sauté par-dessus la portière, comme au cinéma, coup de bol, je me suis pas vautré », « j'imagine les conséquences du gadin », « laisse-le raconter », « elle m'a embrassé sur la joue, a passé la première, je n'ai pas prêté la moindre attention aux réactions, cette scène m'appartenait, je l'avais visionnée mille fois en pensée dans la journée », « ensuite, putain, tu nous mets l'eau à la bouche », « elle avait vingt-quatre, vingt-cinq ans, inaccessible pour moi, je n'y pensais pas d'ailleurs, mais ce moment de grâce m'est resté. Avec quand même un vrai doute, a-t-il existé ou me le suis-je tant raconté que j'ai fini par le croire réel ? Qu'importe, dans les deux cas, j'ai le phantasme d'une belle femme qui m'attend dehors dans une décapotable ».

Le téléphone sonne, Pierre va dans son bureau. Ils entendent sa voix, « oui », silence, « désolé j'avais pas compris, bien sûr que je te reconnais, comment ça va depuis ce matin ? », silence, « passer ?, pas ce soir, le principe de nos week-ends garçons c'est qu'il n'y a que des garçons, tu comprends », silence, « nous aussi on a été contents, on en parlait justement », silence, « attends je prends un papier, voilà, vas-y, 04-75-33-17-28, oui on s'appelle, bises, ciao, bises ».

« C'était Sœur Sourire ? », « finalement elle s'appelle Claire », « t'es gonflé, tu n'as même pas pris son numéro de téléphone », « je l'ai mis dans mon disque dur, on en était où ? », « au dessert », « faudrait convoquer Manuel », « j'y vais ».

Louis revient seul de la grange, « l'Espagnol a un mot d'excuse, ne peut pas se réveiller », mais avec son compliqué au chocolat. Aux premières bouchées, c'est un plébiscite, « gardez-en une part pour le petit ». Le Cubi de coteaux-du-ventoux est vide, Romain boirait bien du champagne, Pierre a mieux, de la vodka glacée. La bouteille frappée arrive, quatre petits verres, « cul sec », frissons, « putain on est en automne et j'ai chaud, y'a plus de saison », Pierre demande à Louis la recette, « ce compliqué est inspiré du concorde, un classique de la pâtisserie bien de chez nous. Tu fouettes en neige cinq blancs d'œufs en incorporant vingt grammes de sucre semoule. Dès que les blancs sont montés, tu remets vingt grammes de sucre semoule, merde Romain, tu pourrais écouter », « je goûte, je ne sais pas faire deux choses à la fois, je ne suis qu'un homme », « j'ajoute ensuite du cacao amer, cinquante grammes », « ça va être long ? », « assez », « peut-être que tu pourrais faire suivre par courriel ? », « sachez quand même qu'il ne faut surtout pas que la meringue roussisse », « c'est noté », « Henry, tu es un sacré faux-cul », « peut-être mais je te félicite pour ce dessert, là tu tutoies les sommets ».

« Vous savez comment se dit "chichon" à Barcelone ? », « aucune idée », « *chocolate* », « j'ai compris ton appel à la douce herbe du jardinier », « et après je prends ma revanche aux boules », « Romain, tu sais que tu détestes perdre », « commence pas à m'énerver ».

Henry a roulé deux joints, un par équipe. Romain a disposé des lampes-tempête le long du terrain, «on dirait une piste d'atterrissage clando pour narcos de jardin », il a gardé le pétard au bec vu que Louis s'est limité à une seule taffe. Le choix des boules fut confus, trop petite, trop lourde, trop rayée, Pierre a trouvé le compromis, « les beaucoup de traits à Romain et Louis, les peu de traits à Henry et moi », ça allait à tout le monde. « Messieurs, à vous le cochonnet ». À la troisième jetée, il s'est échappé dans le bas du jardin, impossible de le retrouver. Romain-Louis menaient 4 à 1. Avec son remplaçant, d'un orange vif, la partie a tourné. Ils ont perdu 4-13.

Romain est furibard, « la plaisanterie a assez duré, on va leur mettre vilain, je tire sur tout ce qui bouge », Louis vide un verre de vodka, « le dernier, promis », « à qui tu promets ? », « à moi-même, faut que je reste concentré, mon capitaine d'équipe est sur les nerfs », « putain, tu pactises avec l'étranger », « c'est une rencontre amicale Romain », « pointe et tais-toi », « il n'aurait pas des tendances autoritaires, notre anar ? », « Henry, l'anarchie, c'est pas le bordel », « il pleut », « arrête tes conneries », « on se dégonfle pas, c'est pas trois gouttes qui vont nous perturber », « je crains que l'ondée soit plus dense », « on continue », « y'a combien ? », « 6-6 pour nous », « pourquoi pour vous ? », « on vient d'égaliser et c'est à nous de servir, on a donc un avantage », « on va reprendre la main aussi sec, allez Louis, un biberon », « désolé, je suis un peu court », « t'inquiète pas, là où elle est, elle est appelée à avancer, il vous reste combien de boules ? », « quinze », « c'est vrai qu'il mouille », « te laisse pas impressionner par les intempéries, Louis, à mes pieds, putain, je t'avais dit à mes pieds, merde et arrête de rigoler », « c'est toi qui me fais rire », « le toubib, il tire sur un joint et ça le met à la renverse », « t'as vu le jeu, Pierre ? », « un billard, Henry, un billard », « putain elle vient pile où je t'avais dit, Louis, me reste plus qu'à la dégommer », « prends ton temps, quand t'es énervé tu fais n'importe quoi », «Henry, cherche pas à me perturber ou j'appelle l'arbitre officiel », « il est en retard, retenu dans les embouteillages », « coincé avec la camionnette à Mémé », « pense à la mère de Marc en déshabillé vaporeux », « je vous dirai plus rien ». Romain tire en force, sa boule touche de plein fouet une lampe-tempête, fracas de verres et de rires, « on y voit moins clair maintenant », parole de Louis.

« On attend qu'il descende ? », « bizarre qu'il ne soit pas encore debout », « pourquoi ? », « depuis la mort de sa mère il ne dort plus le matin », « passe-moi le beurre et la confiture de marron, j'adore », « rien ne te coupe l'appétit Romain », « Manuel, on t'a gardé une part du compliqué au chocolat, excellent, tu devrais te laisser tenter, ça te détendrait », « j'ai pas faim, le choc que ça m'a fait », « tu l'as déjà raconté », « j'aurais bien aimé vous y voir, pourquoi vous m'avez pas réveillé hier soir ? », « Louis a essayé mais tu étais sur messagerie, au fait Peggy Fleming est passée te voir, toujours aussi élégante, elle est repartie très déçue », « pardon ? », « tu nous as raconté ta passion du patinage », « je vois, je comprends mieux mon mal de crâne, et vous avez fait quoi ? », « une putain de partie de pétanque, sous la pluie, merde, mes sapes, j'ai laissé mes fringues dehors », « qui a gagné ? », « je m'en souviens plus » , « t'as la mémoire sélective Romain, une vraie tôle, 13-4, 13-7, 13-2 », « deux lampes-tempête à zéro », « et maintenant je m'habille avec quoi ? », « reste comme tu es, ça te va bien », « Pierre, tu veux pas t'asseoir ? », « toujours pas », « qu'est-ce que tu préconises Henry ? », « un faire-part dans *Le Quotidien du médecin* », « vous me désespérez », « Manuel, fais pas ta pleureuse », « et la flotte qui tombe, qui tombe, qui tombe, y'à quoi à la télé ? », « je l'entends dans l'escalier », « Pierre, c'est toi qui lui dis », « j'étais sûr d'être désigné ».

« Il y a longtemps que je n'ai pas aussi bien dormi, je devrais me mettre plus souvent à la vodka, vous faites une de ces têtes les gars, c'est la pluie qui vous mine ? », « Louis, Rabeau est mort cette nuit, Manuel l'a trouvé étendu devant le bar », « il était au bout du rouleau, j'avais décidé de le faire piquer, il reste du thé ?, je déjeune et j'appelle Jeanne, j'aurai peut-être de ses nouvelles », « t'as un souci avec ta fille ? », « trois fois rien, une broutille, un premier trimestre à HEC, notes brillantes, elle envisageait d'aller étudier ensuite à Londres ou à New York, tout était sur les rails et soudain, sous le coup de Noël, la voilà qui nous annonce son besoin de faire une pause, juste quelques mois, pour souffler. Au cas où nous n'aurions pas compris sa détermination, elle avait pris un boulot, serveuse dans un Toit de Chaume sur l'A7, entre deux raffineries », « c'est Courte-Paille Louis », « t'as raison, Courte-Paille, il vient ce thé ?, pas trop grillé le pain s'il vous plaît, un samedi soir, on y est allé dîner avec Élise, un pur moment de bonheur, viande trop cuite, frites trop grasses et vin qui râpe, Henry, fais-moi une tartine, avec son tablier jaune et sa toque ridicule, ma Jeanne rayonnait, elle apprenait la vraie vie, assurait-elle. Va pour la vraie vie, ça va lui passer que je me suis dit. Raté. Débarque un soir de mai sur le parking de Courte Chaume », « Courte-Paille », « laisse tomber, c'est pas l'essentiel », « se gare donc une carriole de jeunes et résolus adeptes des arts de la rue. Coup de foudre avec le metteur en scène, ex-Khâgneux en rupture de culture bourgeoise. Jeanne démissionne au matin et monte dans la charrette, "*papa, Molière a commencé comme ça*", un sac, deux bises, "*promis je vous appelle*". Depuis elle crache du feu dans la zone piétonne de Perpignan, la troupe envisage de pousser une reconnaissance en Espagne, la confiture de marron sur du pain grillé, j'en redemande », « et ensuite ? », « deux secondes, je ne parle pas la bouche pleine », « romps avec ton éducation », « je ne peux pas, renier ses origines, c'est se mentir », « la suite, toubib », « lors de notre dernière conversation téléphonique, qui doit bien remonter à un mois, je lui propose de s'inscrire dans une école des arts de la rue, notez le paradoxe, quatre murs pour apprendre la rue », « erreur d'analyse Louis, ce n'est pas un paradoxe, le capitalisme, comme tous les régimes totalitaires, veut contrôler la création », « on remercie Henry pour sa brillante contribution aux débats du Comité central », « je n'ai pas fini, quand, à la fin des années 20, les Surréalistes réfléchissaient à une adhésion au PC, Prévert avait eu cette merveilleuse intuition, "*je suis d'accord mais ils vont nous mettre en cellule*" », « Aragon aurait dû l'écouter », « *Tout est affaire de décor /*

changer de lit, changer de corps / à quoi bon puisque c'est encore / moi qui moi-même me trahis », « je peux continuer ? », « nous sommes tout ouïe », « je dis à Jeanne que si telle était sa vocation, elle pouvait compter sur mon soutien, "*j'ai bientôt plus de batterie, papa, je te rappelle*", file-moi une clope Pierre, j'ai laissé mon paquet dans la piaule », « laisse-la tranquille, elle reviendra », « Romain, quand on t'a proposé, Élise et moi, d'être son parrain, ce n'est pas pour que tu me plantes un couteau dans le dos », « ma mission était et reste de la défendre contre l'injustice parentale », « en résumé, la mort de son chien va peut-être me permettre d'entendre le son de sa voix ». « Qu'est-ce qu'on fait de Rabeau ? », « ben, on l'enterre », « mais où ? », « je suggère, si Louis n'y voit pas d'inconvénient, une sépulture sur le haut de la colline », « impeccable Pierre, mais sans fleur ni couronne, cérémonie discrète, je te laisse le soin de l'organiser pendant que j'appelle Jeanne ».

Le linceul d'abord, deux grands sacs poubelle bleus. Avant de les attacher par une corde à la façon d'un paquet-cadeau, Romain demande si on lui laisse le collier, « la marque de sa servitude », à défaut d'autre idée, Rabeau le gardera. « Et si on glissait la photo de son maître, comme les Égyptiens ? », « Henry, au lieu de dire des conneries, montre-nous tes compétences en nœud marin ».

Il pleut dru, personne n'a pensé à emmener un imper,

Romain suggère que chacun se protège avec les mêmes sacs poubelle troués pour la tête et les bras, « unité de couleur et les secours nous retrouveront dans le déluge ». Ces chasubles leur tombent aux genoux, « porter du Paco Rabanne, j'en rêvais », maugrée Henry. Aux couvre-chefs maintenant. Romain s'attribue un chapeau de paille bien amoché, « mon côté épouvantail », Manuel veut la casquette du Conseil régional de Martinique, « j'y suis jamais allé », une autre à large bord, irlandaise peut-être, plaît à Henry, Louis enfile un bob Casanis, « au point de ridicule où j'en suis », Pierre se couvre de son habituel semblant d'*Indiana Jones*. Pour les pompes, Louis a ses bottes dans le coffre, Manuel et Henry font affaire avec de vieilles chaussures de marche à Pierre, Romain prend ses baskets trempées, sans chaussettes, « tu vas le payer ».

Louis charge la dépouille de Rabeau sur son épaule, Henry est délégué à la pioche, « je ne suis pas Mercader, lui utilisait le piolet », seul Pierre comprend l'allusion à l'assassin de Trotski. Ils partent en file indienne, et Manuel, qui porte la pelle, chantonne l'air des nains qui vont au boulot, « *ponpon / ponpon / ponponponponponpon* ». Il fait un temps abominable, ciel noir partout, l'eau dévale sur le chemin, creuse les ornières, « t'en as pas une autre Manuel ? ».

« Il suffit de demander, *Ah ! ce qu'on est bien dans les bras d'une personne du sexe opposé / ah ! ce qu'on est bien dans les bras du sexe qu'on n'a pas* », les paroles ne lui manquent jamais, une chanson en appelle une autre. « *Si tu reviens jamais danser chez Temporel / un jour ou l'autre* », celle-là Henry la connaît par cœur, le texte est d'Hardellet, « *à nos vingt carats qui depuis se sont fait la paire* ». Louis marque une pause, essoufflé par la montée, refuse qu'on le relaie, « c'est mon chemin de croix ». « *Un jour / tu verras / on se rencontrera / quelque part n'importe où / guidé par le hasard* », Romain se plaint, « une putain d'ampoule me pousse sur le talon », « on t'avait prévenu », « *Nous nous regarderons / et nous nous sourirons* », « un vrai temps de chien », lâche Pierre. Son mot le fait tant rire qu'il s'arrête brusquement, Romain, tête basse juste derrière lui, le percute, Henry qui suit fait un écart pour les éviter et tombe sur le cul, la pioche en l'air, dans un grand « merde », Louis est plié en deux, Rabeau glisse de son épaule, Manuel jette la pelle pour le rattraper, le rate, se retrouve à genoux dans une flaque, la casquette Martinique sur les yeux. Ils se gondolent comme des mômes de douze ans qui ont déposé du fluide glacial sur la chaise du prof.

Henry tente d'allumer une clope, le briquet ne veut pas, le chapeau de paille de Romain ne le protège de rien, de l'eau lui coule dans le cou, « putain que c'est froid », « les Grognards n'en ont pas autant chié lors de la campagne de Russie », Louis ramasse la dépouille de Rabeau, « on est bientôt arrivé », dit Pierre en reprenant le chemin, « voilà bien un discours de chef », Manuel relance le tourne-disque, François Deguelt, « *allongés sur la plage / les cheveux dans les yeux/ et le nez dans le sable* », ses dimanches après-midi à la télé, décor de bar en carton, noir et blanc pâles, l'antenne collective merdait, l'office HLM ne répondait pas à leur courrier, « *il y avait/ le ciel / le soleil et la mer* ».

Pierre sait le lieu, après la cabane écroulée, l'embranchement du chemin qui mène au petit bois de chênes. Romain se saisit de la pioche, « creuse profond, c'est bourré de sangliers par là, ils mangent n'importe quoi ». Il cogne fort, « putain que cette terre est dure, je comprends que les Ardéchois soient têtus », Louis ramasse les cailloux, les range sur le côté, Henry s'échine sur son briquet, Manuel pisse contre un arbre, le ciel ne fait pas relâche, Pierre cherche le Ventoux des yeux pour ne pas penser à Marion, il a peu de chance de le voir dans cette purée sombre. Et le manche casse net. Romain sort du trou, se déclare aussitôt « en grève illimitée », « t'as pas déposé de préavis », « on s'en tape des préavis, faut frapper le patronat là où ça fait mal ». Louis finit à la pelle. À quatre-vingts centimètres, estimation de Pierre, ils conviennent que ça suffit. Rabeau est déposé, son linceul bleu recouvert de terre et de pierres, chacun s'y met, même Henry.

« *J'avoue j'en ai bavé pas vous / mon amour* », lance Manuel et tous reprennent, « *avant d'avoir eu vent de vous / mon amour* », « c'était un temps où Gainsbourg avait l'obligeance d'articuler », « *Ne vous déplaise / en dansant la Javanaise / nous nous aimions / le temps d'une chanson* ». Le portable de Louis sonne, c'est Jeanne, « on vient juste de l'enterrer », « *à votre avis qu'avons-nous vu / de l'amour* », « non, il n'a pas souffert, il était très faible tu sais », « *de vous à moi vous m'avez eu / mon amour* », « nous sommes tous là », « *ne vous déplaise / en dansant la Javanaise* », « elle vous embrasse », « *nous nous aimions / le temps d'une chanson* », « tu veux que je te passe ton parrain ? », « *hélas avril en vain me voue / à l'amour* », « allo petite Jeanne, c'est Romain », « *j'avais envie de voir en vous / cet amour* », « ne t'inquiète pas, Pierre a choisi un bel endroit », « *ne vous déplaise / en dansant la Javanaise* », « bien sûr que je pense à toi, profite et donne de tes nouvelles », « *nous nous aimions / le temps d'une chanson* », « je te repasse ton père, prends soin de toi », Louis s'écarte pour poursuivre la conversation, « *la vie ne vaut d'être vécue / sans amour* », Manuel sort de sa ceinture une bouteille de vodka, « *mais c'est vous qui l'avez voulu / mon amour* », ils boivent au goulot, les gouttes cessent. À quelques pas, le jeune chien noir à poil vif que Pierre avait croisé ici la veille observe la scène, « *ne vous déplaise/ en dansant la Javanaise / nous nous aimions / le temps d'une chanson* ».

La pluie remet le couvert. Ils descendent, « *On oublie tout sous le soleil de Mexico / on devient fou tadadatidatitala* », Manuel a un trou, ça le contrarie, « Pierre, ta vodka c'est de la contrebande, elle me bousille les circuits », Romain a quitté une basket, «mon ampoule a explosé », il couine à chaque pierre sous son pied nu, Louis éternue, Henry a enfin allumé sa clope, Pierre espère un texto de Marion en arrivant, mais avant il faut passer chez Solange, il n'y a plus de pain.

« Vous venez d'où comme ça ? », « d'une cérémonie sacrificielle », « avec ces tenues ? », « nos costumes traditionnels, symbole de la société de consommation », « et vous avez sacrifié qui ? », « on a planqué une malle de louis d'or sur la colline », « regardez dans quel état vous mettez ma boutique », « c'est pour la caméra cachée », « excusez-le madame, il se trompe d'émission, il sort de prison, c'est pour la chasse au trésor », « n'importe quoi, on tourne dans Koh Lanta et on sait plus où sont les filles, vous n'auriez pas aperçu la camionnette à Mémé ? », « blanche, de marque japonaise », « *Dire que cet air nous semblait vieillot* », « ça y est, Manuel a réparé le tourne-disque », « la pluie l'avait fait disjoncter », « ils sont un peu fêlés tes copains, tu veux combien de paniols ? », « six, ça devrait aller », « prends-en sept, j'adore votre pain Madame Solange », « d'abord c'est celui de mon mari, et deux, je ne suis pas une tenancière de bordel, vous avez de la chance d'être un ami de Pierre, autrement je sortais le fusil », « c'était pour rire », « j'ai bien compris, j'ai le droit de rire aussi, non ? », « tiens, Henry s'est pris un râteau, ça lui arrive donc », « plus que vous ne croyez, je vais acheter les journaux ».

Billie Holiday murmure *Lover man*. Il pleut toujours, il faut allumer la lampe au-dessus de la table. Louis secoué par une rafale d'éternuements réclame de l'aspirine à Pierre, « si le docteur est malade, on est mal », « j'ai pris froid sur la colline », « *elle m'a dit d'aller siffler là-haut sur la…* », « mange ta soupe Manuel », le coupe Romain, une soupe qu'il a préparée en un tour de main, « elle manque de sel, tu serais pas amoureux ? ». Pas de réponse. « D'où tu tiens cette recette ? », demande Henry, « de mon amie », « elle n'a pas de nom ? », « la soupe de cerfeuil tubéreux ». Passe alors Louis Armstrong, *Blue again*, « encore une saloperie de compilation, les maisons de disques recyclent pour pas un rond leurs fonds de tiroir, mettent sur le marché des CD sans queue ni tête qui attirent le gogo inculte, "*Tout le jazz en douze morceaux*", une compil' c'est le Lagarde & Michard de la musique, une œuvre de destruction. » Romain est grognon ce dimanche midi, ils connaissent ses mauvaises humeurs, savent qu'elles ne durent pas, qu'il suffit de les ignorer pour qu'elles s'éloignent, « finissez que je change les assiettes. »

Le « putain, merde, fait chier, bordel de merde » qui

part du réfrigérateur ne leur dit rien qui vaille, la crise semble plus profonde, « qu'est-ce qui t'arrive cuistot ? », tente Manuel, « à cause de cette connerie d'enterrement, j'ai zappé les pommes de terre caramélisées », la porte du frigo claque, de la main Louis appelle les convives à jouer en sourdine, Duke Ellington, *Cotton Tail*.

Romain pose sur la table le saumon gravelax, constat immédiat, le poisson sent le soufre. « J'ai plus faim, trop mangé ce week-end », Henry allume une cigarette, Manuel compte les poutres du plafond, « tu les as poncées ? », « non, sablées, c'est plus efficace », Pierre pose sa fourchette en signe d'abandon, Louis avale une bouchée et grimace. « Je vous oblige pas, j'ai un peu forcé sur la vodka, fallait qu'il marine douze heures de plus, et y'avait pas de thé noir fumé », Romain embarque les assiettes pleines, les vide dans la poubelle, fin du saumon. Pierre met en place une procédure de substitution, picodon, raisin, coteaux du Ventoux, pain frais, les classiques ont du bon, *Jumpin' At The Woodside*, Count Basie Orchestra. Pas de vin pour Louis, « je suis en JSA », « en clair ? », « une journée sans alcool » et il éternue.

Quand sonne Cab Calloway and His Orchestra, *Minnie The Moocher*, Romain patauge dans l'eau de la vaisselle, « non pas de café », « même pas un petit colombien ? », « j'ai dit non, je vais faire un tour », « il pleut », « je m'en fous ». Ils le voient partir à travers la fenêtre, direction la rivière, « t'as de quoi l'habiller encore ? », demande Louis à Pierre.

Café canapés, après-midi sombre, « change de disque, moi aussi ça me sature ce coq-à-l'âne », journaux fades, *L'Équipe*, *Le Dauphiné*, Henry râle, « il n'y avait plus de *Monde* ni de *JDD*, en plus un militant m'a filé un tract », une feuille jaune signée RESF dénonçant les expulsions de mineurs, « j'informe un des groupes lyonnais de ce réseau sur les mauvais coups que préparent les sbires zélés du préfet, on devrait avoir honte que notre pays se comporte ainsi », « combien de gens ont réagi à l'installation d'un ministère de l'Identité nationale, une poignée de gauchos, une autre d'intellos et puis rideau », « n'oublie pas ces profs de RESF », « je les salue d'autant plus », « si les médias cessaient de faire des tartines sur Cécilia, sur Carla et traitaient les vraies questions », « mélange pas la presse pipelette et les canards d'informations », « je veux bien mais à l'occasion de la sortie de son disque, *Libé* a publié un long entretien avec "*la première dame de France*" comme ils l'appellent », « Henry, une chanteuse de variétés mariée à un président de la République, c'est un sujet », « vous, les journalistes, vous n'êtes plus dans le réel, vous participez à un jeu dont 99,99 % des habitants de la planète sont exclus », « épargne-moi ton refrain sur la presse achetée et les journalistes complices, je le connais », « c'est vrai que désormais tu préfères la nature, les petits oiseaux », « fais pas chier Henry », « hé les garçons, fermez le ban !, on est tous fatigués d'avoir trop bu, trop fumé, pas assez dormi, je suggère une sieste, zou ! chacun dans sa chambre, nous reprendrons la discussion après », Louis glisse le marque-page dans *Millenium*, se lève, Henry le suit sans dire mot. Pierre allume une clope, l'écrase aussitôt, il a les nerfs en pelote, il monte se coucher.

Il ne reste plus à Manuel qu'à éplucher *Le Dauphiné libéré*. Privas, « *Le bal du club de gymnastique a connu un franc succès* ». Le Pouzin, « *L'agriculteur renversé par son tracteur s'en sort indemne* ». Antraigues, « *De jeunes artistes ont rendu un vibrant hommage à Jean Ferrat* ». La Voulte, « *L'association des commerçants a changé de président* ». Météo, « *La pluie perdure sur tout le département, pas d'éclaircie en vue* ». Horoscope, « *Sagittaire. Amour, il vous faudra être moins égoïste sinon votre partenaire vous le reprochera* », trop tard, les reproches ont débordé. « *Profession, une nouvelle mission vous sera confiée* », pousseur en chef de chariots aux archives, « *Santé, stable* », il n'a donc pas encore touché le fond de la piscine. Il tente le sudoku, façon de se mettre en absence, les chiffres il ne voit pas mieux pour oublier, il rentrerait bien chez lui, ce week-end lui suffit, mais il n'a plus de chez lui, « c'est ballot », et il attaque la grille par les 9, avec en fond sonore *Los Grandes Exitos* de Nat King Cole, si Romain voit le disque, il pète un plomb, « *to quiero mucho, mucho, mucho* », ce soir, il annonce sa décision à Marie, ce sera une discussion calme, posée, ils se prendront dans les bras, tristes et soulagés, le dernier chapitre de son Journal, après, pour le roman, il verra, il ne sait pas s'il en a la force ou le courage, merde deux 7 dans le même carré.

Sur son lit, Pierre tourne et se retourne, appelle à l'aide une image qui l'a souvent apaisée dans ses moments de tension, un cheval au galop sur une plage, les vagues, le sable, le vent, mais le film casse sans cesse et il ressasse, le journalisme dont il s'est lassé, Henry qui le provoque, vieille querelle entre eux qu'il pensait éteinte, sa réaction à vif, inutile, il s'allonge sur le dos, croise jambe gauche sur jambe droite, comme lui a appris Marion, « *notre corps a deux sphères, à gauche le ciel, à droite la terre, pour trouver le repos il faut toujours poser le ciel sur la terre* », c'était leur première sieste commune, un samedi à Paris, chez elle, ils s'étaient promis de ne pas se toucher, leurs mains n'avaient pas résisté longtemps, elle a peut-être envoyé un texto, il ouvre son portable, pas de message, il se sent à nouveau prisonnier de l'attente, cette glu qui paralyse, infantilise, empêche de respirer, « jamais plus » avait-il pourtant décidé après Nathalie, il quitte le lit, ouvre la fenêtre et regarde Boissac, s'accroche aux pierres noires du village, c'est ici qu'il a choisi de trouver la sérénité, il doit commencer le deuil de Marion, là, à l'instant, à Noël il n'ira pas à Washington, à quoi bon repousser de quelques mois une fin annoncée, le plus tôt sera le mieux.

Henry ronfle de plus belle, faudra vraiment qu'il se fasse opérer, Louis va l'adresser au professeur Paragel, un ponte en la matière. Il reprend *La fille qui rêvait d'un bidon d'essence et d'une allumette*, se perd parfois dans tous ces noms en « *son* », tient bon en s'accrochant à Mikael Blomkvist. Il a associé physiquement ce personnage à Pierre, mais aussi à l'idée du métier qu'incarne Pierre, ses convictions, ses emportements, sa droiture, Pierre qui a été blessé par la charge d'Henry, Romain qui est parti en vrille, il va devoir prendre la main pour que ce week-end se finisse bien. Lui revient la voix de Jeanne, ses mots tant espérés, « *je t'aime, papa* », sa Plume l'a rassuré, elle semble heureuse, c'est déjà ça.

Romain, accroupi sur la rive de la Source, cherche à apercevoir des écrevisses à patte blanche et se déteste de ressembler à son père. Le moindre évènement de travers, un retard d'une minute au déjeuner, un livre qui traînait, une parole en l'air, une porte qui claquait et le vieux libérait ses cent mille volts, déclenchait une tempête effroyable. La mère et les deux enfants rasaient les murs, avec comme consigne de se taire surtout. Romain n'a jamais osé demander à ses copains du lycée du Parc où son père enseignait les maths comment ils l'avaient surnommé, Grincheux, Connard, Mèche courte ou Zeus. Il n'était pas fier de son père, il ne l'est toujours pas, la haine s'est changée en indifférence. Et s'ils revoient ses parents, deux fois l'an, c'est pour sa mère, son infinie patience à arrondir les angles de la prison familiale. Elle aussi enseignait, les sciences nat, l'aidait à réviser ses leçons, « Romain, il faut en terminer avant que ton père rentre, tu sais comment il est », il le savait, avait adopté la politique de l'inertie, de la lenteur, du mutisme, sourdes déclarations de guerre. Sa petite sœur avait choisi les câlins. Dès que le vieux montrait des signes d'explosion prochaine, elle venait se blottir dans ses bras, réclamait une histoire, il n'osait pas l'envoyer bouler. De quoi mon père se punissait-il en faisant chier tout le monde ? De quoi je me punis en reproduisant ça, qu'est-ce qu'il m'a foutu dans les gènes ? Un temps Romain fut tenté par une analyse, mais l'idée de se coucher devant un psy lui a paru insupportable, c'était pour lui comme se prosterner devant un curé et confesser ses fautes. En Inde, il crut avoir approché la paix, la tranquillité avec lui-même, ça ne dura pas, tous ces gonzes drapés d'orange qui secouaient des clochettes finirent par lui taper sur les nerfs, « putain de merde », hurle Romain en jetant une pierre dans la rivière. Pour les écrevisses, c'est râpé.

« Et si on allait faire un tour chez Godin ? » Pierre a nettoyé Lison avec attention, Manuel a secoué les coussins des canapés, vidé les cendres du poêle, balayé, passé une serpillière d'huile de lin sur les tomettes, « je suis crevé », Henry et Louis ont terminé la vaisselle que Romain avait laissée en plan, « il est où d'ailleurs ? », « à mon avis, il s'auto-analyse sur le bord de la rivière, laissons-le tranquille ». Louis est de tous celui qui parle le mieux le Romain, décode ses cafards comme ses emballements, ses longs monologues enflammés comme ses silences butés. Son avis fait autorité. La grange est propre, rangée, le ciel s'est éclairci, « va pour Godin, une idée de dimanche après-midi », « je laisse un mot sur la table, "*retour 18 heures*" », « et ses sapes ? », « elles tournent dans le lave-linge qui ensuite les séchera », « Pierre, tu es aussi bon que son gravelax était dégueulasse », « tu en as avalé à peine une bouchée », « j'ai été le seul, j'ai le droit de juger ».

« On prend combien de bagnoles ? », « j'y vais avec la mienne, au cas où je déniche une normande », « sage précaution Louis, ces armoires courent les chemins ardéchois », « je monte avec Pierre ».

« Je te prie de m'excuser pour ce que je t'ai balancé tout à l'heure », « je me suis un peu emporté aussi, l'incident est clos », « tu sais bien que je critique les canards que j'achète chaque matin », « ça je le sais, mais c'est le coup de la nature, des petits oiseaux, qui m'a fait bizarre », « j'ai tapé un peu bas pour que tu réagisses », «réagir à quoi ? », « Pierre, tu devrais consulter », « une cartomancienne ? », « pourquoi pas, j'en connais une excellente, ma voisine », « et elle t'a prédit une mort subite, son mari de flic qui te flingue dans le parking ? », « parle pas de malheur », « alors, allume-moi une clope. »

Pierre, couvert de son chapeau Harrison Ford, épouse les virages dans une valse lente. Ils ont baissé les vitres, apprécient l'air frais du vent qui a chassé les nuages, les teintes d'ocre qui tapissent les collines, les odeurs de terre mouillée, «y'a des truffes dans le coin ? », « je ne crois pas, mais on en trouve de l'autre côté du Rhône, dans l'Enclave des Papes exactement. Un samedi de novembre, faudra que tu reviennes, on ira au marché de Richerenches, tu verras des mecs qui négocient à voix basse autour de vulgaires sacs plastique, sortent du coffre de leur voiture des petites balances romaines et payent en liquide, des liasses épaisses comme un bottin, on dirait qu'ils vendent et achètent de la dope », « ça me plaît, je viendrai. »

Au rond-point, Pierre prend la direction Montélimar, d'un coup d'œil dans le rétroviseur il vérifie que Louis et

Manuel suivent, « tu le vois comment le match de ce soir ? », « comme d'habitude, pour conjurer le sort j'aurai l'anxiété de la défaite », « je dis 3-1 pour Lyon », « et moi, 0-0 », « un match nul c'est pas une défaite Henry », « face à Paris, si », « t'as raison », « les Parisiens disent province pour situer un espace qui va de Lille à Marseille, de Strasbourg à Nantes, de Toulouse à Reims, de Bordeaux à Nice, un gigantesque non-lieu pour eux, une négation des autres », « à *L'Hebdo*, je me suis battu contre cette sale habitude et j'ai perdu. Dès qu'un journaliste va en reportage, il qualifie l'élu local de notable. Jamais il n'écrivait cela pour le premier adjoint du maire du XVIe arrondissement. Un notable, c'était un mec désigné par le roi, il n'y aurait donc pas de suffrage universel hors de Paris », « un film est tourné en province, pour les critiques, le scénario raconte si bien le rien, l'ennui, un endroit sans gaz ni électricité, sans conscience ni culture », « j'avais une assistante qui n'avait que ce mot à la bouche, un jour je lui ai demandé de me réserver un billet de train et un hôtel. Tu vas où ?, elle m'a demandé. En province, je lui ai répondu », « bien dit ».

Bien au-dessus de la route, deux tours de guet encadrent un petit village tourné plein ouest, « ça a l'air pas mal là-haut, il y a peut-être une bicoque à acheter », « je préférerais que tu t'installes à Boissac », « je suis plutôt bateau tu sais », « pour tes escales », « je vais y réfléchir. »

Il n'y a pas foule sur le parking de Godin, tant mieux,

ils pourront se perdre tranquillement dans le capharnaüm de cette brocante, un désordre bien organisé. Dehors d'abord, le tout-venant, morceaux de parapets, banc de pierre brisé, socles de charrue, balancelles rouillées, volets tordus, portail de guingois, briques, moellons, baignoires, éviers, crochets de boucher, casiers à bouteilles, une meule à blé, des chaises de jardin, des tonneaux, une tonnelle qui penche, un petit kiosque manière Peynet, « vous savez, dit Pierre, que Peynet a dessiné ses premiers amoureux en prenant le kiosque de Valence pour modèle », « n'oubliez pas de glisser une pièce au guide en sortant », «Manuel, t'es bien moqueur », « je change de cible désormais, j'arrête de me foutre de moi », une porte de grange, des linteaux, tout a un prix écrit à la peinture blanche, « c'est pas donné », souffle Louis, « ça se négocie », assure Henry qui prend des notes sur un calepin.

À l'intérieur de l'immense hangar, des meubles abandonnés depuis si longtemps que personne ne les emportera plus, buffets des années avant-Formica aux pieds cassés, armoires retapées par des branquignols, bancs d'église à volonté, « encore une paroisse en dépôt de bilan, mais que fait le gouvernement ? », cadres de tableaux, pots de fleur, assiettes ébréchées, couverts, « faudrait peut-être que je commence à monter mon ménage », avance Manuel, cette perspective le laisse songeur, « il me reste plein de vaisselle de Paris, tu n'auras qu'à te servir », « je me sens moins seul », « tu repiques déjà l'ironie sur toi ? », « une vieille habitude, la désintoxication sera longue. » Ils rejoignent le premier étage, celui des produits astiqués comme chez un antiquaire et retrouvent Louis en extase devant un vaisselier, « je le vois bien dans le petit salon de Lantignié », « il rentre pas dans ton break », « si, regarde, il se démonte », Louis éternue, « quelqu'un a un mouchoir ? », « non », « 1500 euros quand même », « je vais demander à Henry de gérer le dossier, il est passé où ? », « il est retourné dehors pour prendre des notes. »

En fait Henry est à la caisse, calepin à la main, à énumérer la liste de ses commissions. Il prend son temps, parle doucement, timide, hésitant, le genre mec facile à plumer. Pierre pense que le père Godin, tout malin qu'il est, ne sait pas ce qui l'attend, finir à genoux, cinq prie-dieu pour le prix d'un. Les négociations vont durer, il sort fumer une cigarette et consulter son portable, pas de réseau, il voudrait que Marion soit là, en jean et pull de laine, ils ont traversé ensemble le printemps et l'été, il cherche le nom de ce parc à Washington où de jeunes couples promènent une poussette, il y a couru sur les feuilles mortes, il se sent trop vieux, trop lourd, trop con, bifurque vers son livre en jachère, avant d'ouvrir le fichier « L-1 », procéder avec méthode, classer la doc, établir un plan, déterminer les chapitres, ça le mènera à Noël, le *Rock Creek Park* sera peut-être fermé à cause de la neige.

À la quatrième cigarette, il jette un œil sur la situation, Henry ferme son calepin, prend Louis par la manche, « viens, on se casse », ils marchent trois pas, Godin les rappelle, Manuel se marre, la nuit va tomber bientôt, ils ne sont pas rendus.

« *France Info, il est 18 heures, le journal complet* », Henry ouvre la portière, « Godin a craqué, tu peux reculer pour charger ? ». Le vaisselier démonté se glisse dans le break de Louis, « je l'avais dit ». Mais la Volvo, pourtant sièges rabattus, résiste aux ferrailles d'Henry, surtout à la carcasse d'un vélo, « t'y tiens vraiment ? », « il a fait la guerre d'Indochine, comme mon oncle, ça lui rappellera le bon vieux temps de la coloniale », « ce bordel ne va jamais rentrer dans ton coupé, on y range une paire de chaussures sans les lacets », « je le laisse dans ton jardin », « j'ai bien compris ? », « le week-end truffes, je viendrai avec une camionnette », « Henry, je t'accorde un mois de stockage, après ce sera déchetterie », « pas de souci, j'ai confiance en toi », « tu ne manques pas d'aplomb », « non. »

Au haut des virages, le portable de Pierre sonne un texto, il l'ouvre, « *Mes parents sont pénibles quand tu n'es pas là* ». « Tu devrais lui parler », « à qui ? », « fais l'imbécile, à celle qui vient de t'envoyer le message », « lui dire quoi ? », « ce que tu ne lui as jamais dit », « Henry, je ne vais pas vivre en couple pour la première fois à cinquante-cinq berges », « c'est pas la question », « c'est quoi alors ? », « parle-lui de toi, de ton histoire », « justement, t'as oublié nos discussions sur la famille, le couple », « on s'est planté mec, complètement planté. Pour détruire le code bourgeois de l'amour, ses convenances, ses lâchetés, ses trahisons, ses non-dits qui écrasaient nos parents depuis cinq générations, on a proclamé clarté, liberté et on a bâti d'autres codes aussi contraignants, on s'y est pris les pieds, la tête et le cœur. En fait, Pierre, il n'y a pas de norme, c'est à chacun son choix, point barre », « elle a vingt ans de moins que moi », « c'est ça ton problème camarade, le qu'en-dira-t-on ?, tu me déçois », « non, enfin je crois pas », « de quoi tu as peur ? », « putain tu m'emmerdes », « tu me fais du Romain dans le texte ».

Il a dressé la table de l'apéro, pastis, blanc, whisky, mis des olives dans un bol, et les suites pour violoncelle de Bach, version Paul Tortelier. Il lit *Ardèche douce-amère*, le début du chapitre intitulé *De la colère*, « *En moins d'un mois, trois fois son poulailler avait été dévasté* », « vous avez trouvé ce que vous ne cherchiez pas ? », « un vaisselier pour Lantignié qu'Henry a fait baisser à mille euros, t'aurais vu la tronche de Godin », « et moi un billet de cinquante pour de la ferraille, trois mois de soudure », « bravo, qu'est-ce que je vous sers ? », « du bonheur mais sans glace. »

« On te plaît plus ? », « t'es pas bien avec nous ? », « Pierre, redonne-lui des olives, il n'a pas eu sa part », « tu peux pas rater le match, un sommet du championnat », « Météo France a annoncé des embouteillages à Fourvière », « je te signale que le prof de philo est absent, demain on commence à 10 heures », « Romain est désolé pour le gravelax, il a promis de ne plus recommencer, hein Romain que tu as promis ? », « juré, craché », « Henry va nous préparer une omelette baveuse comme tu les aimes », « et la camionnette à Mémé ne va pas tarder », « c'est parce qu'on n'a pas signé ta pétition, les gars sortez vos stylos », « tu veux qu'on écoute l'intégrale des Compagnons de la Chanson ? », « je rentre, un rendez-vous important ce soir », « t'as le temps pour ta déclaration d'impôts », « Henry va t'aider, il filoute le fisc les doigts dans le nez », « je vous adore, j'y vais ». Ils accompagnent Manuel à sa voiture, « mets ta ceinture et fais gaffe à Lucien sur la route d'en bas », « promis, à bientôt ». Ils attendent que les feux arrière traversent le pont Baillet puis rentrent, « fait frisquet dans ton pays. »

« Petite santé, notre Espagnol », « file du mauvais coton », « une déprime tu crois toubib ? », « ça y ressemble », « Marie et lui vont se séparer », « comment tu sais Pierre ? », « il me l'a raconté », « merde, c'est con », « peut-être que c'est mieux, on ne peut pas savoir ce qui se trame dans un couple », « d'accord avec toi, des fois, putain, on comprend même pas ce qui se passe dans le nôtre », « elle ne nous a jamais acceptés », « tu dis ça Henry, parce que Marie n'est pas sensible à ton charme », « Louis, rappelle-toi le dîner de garçons chez eux, elle est revenue à minuit et nous a presque jetés », « Henry, il était quatre heures du mat et on avait mis en vrac le salon en changeant tous les meubles de place », « c'était ton idée », « le pied cassé du guéridon de sa grand-mère », « la bouteille de cognac renversée sur le tapis », « elle a justement marqué son désappointement », « j'avais oublié ces détails », « Marie est une fille bien, Élise l'apprécie beaucoup », « et Manuel un homme droit », « va falloir lui dresser un cordon sanitaire », « Henry, t'es chargé de lui trouver un appart et en attendant, tu passes au fourneau, j'ai la dalle, j'ai rien mangé à midi, à part une soupe, le match commence dans une demi-heure », « ce sera prêt au coup de sifflet », « je peux m'occuper du dessert ? », « fais comme chez toi, Pierre. »

Henry s'attaque aussitôt à la frisée, la dépiaute, la lave, sort la secouer dans la cour, « j'adore ton panier », « je l'ai acheté chez Godin », puis prépare la sauce, « une lyonnaise », assure-t-il, sans que cette appellation soit d'origine contrôlée. En fait, de la moutarde, de la moutarde, de la moutarde, du sel, du poivre, de l'huile d'olive, « jamais de vinaigre, ça troue l'estomac », de l'ail quand il y en a, il y en a, et il touille « jusqu'à ce que la cuillère tienne debout ». À ses côtés, Pierre coupe en deux les figues du marché, les aligne face rouge en l'air sur une plaque, met une virgule de beurre au cœur du fruit, disperse du miel par-dessus, « moi, je suis prêt, cinq minutes au four », « laisse-moi seul, s'il te plaît, j'ai besoin de silence », « *nous voici en direct de Gerland pour le grand match du dimanche soir, le choc de cette journée, où l'Olympique Lyonnais reçoit le Paris Saint-Germain, un Paris Saint-Germain qui a retrouvé des couleurs, n'est-ce pas Olivier, en effet Jean-Claude...* », « baissez le son, ça me déconcentre », « un petit blanc Henry, pour te détendre ? », « jamais pendant le travail ». Pierre, Romain et Louis entonnent alors ensemble sa phrase, « l'œuf est le meilleur ami de l'homme qui a faim », « foutez-vous de ma gueule, vous savez que j'ai raison », « s'il te plaît, pas de conférence ce soir Henry ».

Il se tait, n'en pense pas moins. Il faut toujours avoir des œufs chez soi. Une fête se finit à cinq ou six à la maison ?, une omelette sur le pouce. Un petit creux au milieu de n'importe quelle heure ? un œuf au plat, le beurre qui grésille, la mie de pain qui absorbe le jaune, toujours bien moelleux le jaune, pas trop cuit, que seul le bord du blanc soit légèrement grillé, un œuf à la coque pour les petits déjeuners solitaires, et des œufs brouillés, délice à deux. Second chapitre, ses vertus nutritives, sa richesse en protéines est bien connue, on sait moins qu'il fait office aussi d'antioxydant et permet ainsi de lutter contre le vieillissement cellulaire, il protège les neurones de la dégénérescence, « grâce à moi, les mecs, ce soir vous allez vieillir moins vite », « qu'est-ce qu'il marmonne Henry ? », « il parle tout seul », « *l'important pour le PSG est de ne pas encaisser de but dès l'entame du match* », « ils me bassinent les commentateurs avec leur "*entame de match*" », « une consigne de sponsor », « je vois pas », « une marque de jambon, je vous l'entame ma petite dame », « nul ».

La caméra passe les joueurs du PSG en revue, ils ont tous les cheveux rasés, « y'a une épidémie de poux à Paris ? », plan aérien sur Gerland, « il est beau ce stade », « vous vous souvenez le soir où on y était allé ? cela faisait un bail qu'on n'y avait pas mis les pieds, dans les tribunes, putain, ça sentait le pétard, Pierre elle est où ton herbe ? », « tiroir gauche du buffet », « je vous préviens, je roule pas, je conduis », « finis la tambouille Henry, l'arbitre regarde sa montre, t'as deux secondes pour rejoindre le terrain », « j'arrive ».

Il pose sur la table basse le saladier, l'omelette, repart en courant pour aller chercher le pain, revient, s'écroule sur le canapé, « *et c'est parti pour quatre-vingt-dix minutes d'un spectacle qui s'annonce haletant* », « ils en font toujours trop les mecs au micro », « faut bien qu'ils justifient le prix de l'abonnement », « comme des télé-évangélistes », « Henry, nous envoie pas de textos, on est assis à côté de toi », « je suis angoissé », « bois un verre d'eau », « je vous sers, Romain passe ton assiette », «ils sont combien les Parigots au classement », « au fin fond », « ça joue bien », « putain, t'as mis de l'ail dans la moutarde », « oui, pourquoi ? », « je m'en fous, j'embrasse pas ce soir », « moi non plus », « moi, demain à 10 heures 30, aéroport Saint-Exupéry », « moi, peut-être à l'heure des poubelles », « faudrait marquer maintenant », « *but de Fred ! Lyon est in-te-nable, n'est-ce pas, Olivier* », « douzième minute, nickel », « il était pur ce shoot », « y'a quoi dans ton omelette Henry ? elle dégage un parfum de terre enivrant », « de sexe féminin je dirais », « c'est de la truffe », « j'avais tout juste », « un beau cadeau », « c'est pas encore la saison », « certes, mais une bonne épicerie fine en a en conserve sur ses rayons », plan de coupe sur la tribune présidentielle, « *deux anciens entraîneurs de l'OL, Gérard Houllier, directeur technique national, et Raymond Domenech, sélectionneur de l'équipe de France* », « c'est plus Aimé Jacquet ? putain, on me tient dans l'ignorance, je pouvais toujours l'attendre la camionnette à Mémé », « Domenech, il est pas passé par le lycée Ampère ? », « peut-être, faudra demander à Manuel », « *la caméra s'attarde sur Franck Beckenbauer, le Kaiser, une légende du foot allemand* », « pour moi le meilleur c'est Georges Best, Ballon d'Or 1968, notez le millésime, un fêtard de première, putain, un rebelle, un provocateur, il avait dit une fois "*j'ai dépensé beaucoup d'argent dans la picole, les femmes et les voitures de course. Le reste, je l'ai gaspillé*", la classe, non ? », « la classe », « ouf, l'arrêt de Coupet, heureusement qu'il est là, c'est pas gagné », « Henry, chat noir », « Louis, t'as pas compris, il dit le contraire de ce qu'il pense pour que ça n'arrive pas », « comment s'appelle cette figure de rhétorique ? », « le salto arrière triple bouclé, je reprends de l'omelette et un verre de vin, je peux dormir chez toi Pierre ? », « t'es le bienvenu Romain », « *Lyon marque le pas depuis quelques minutes, le PSG a pris le contrôle du milieu de terrain* », « merde, Fred, garde le ballon », «il t'entend pas Henry », « faudrait équiper les joueurs avec des oreillettes, comme les cyclistes, inverse le jeu, temporise, balance devant », « j'aime pas comme ça avance pas, ils dorment les Lyonnais ou quoi ? », « ils laissent venir », « *éga-li-sa-tion du PSG ! le match est relancé !* », « c'est venu, j'en étais sûr », « la faute à Henry », « savez-vous pourquoi les rugbymen ne crachent pas ? », « je vais chercher du pain pour saucer », « ramène le fromage », « c'est parce qu'ils ont des protège-dents », « *mi-temps ici à Gerland, où le PSG met en difficulté le champion de France* », « ça leur fait trop plaisir aux commentateurs », « j'en profite pour effectuer un arrêt technique, les émotions me donnent toujours envie », « Romain, s'il te plaît, pas dans le jardin », « c'est pourtant si bon, ça me rappelle mon enfance », « j'aimerais bien avoir en mémoire la première fois où mon père m'a appris à pisser contre un arbre, avec mes jumelles, j'ai pas eu l'occasion de transmettre ce savoir », « avec Jeanne, non plus, Pierre et Romain vous devriez faire des garçons », « justement on en parlait ».

« *Retour à Gerland pour la deuxième mi-temps…* », « la seconde, pas la deuxième, y'en a pas trois », « *où le PSG a un beau coup à jouer* », « lui, il m'énerve », « reste tranquille, Henry », « *incontestablement Lyon est moins fringant* », « Pierre, tu le connais le mec qui bave ? », « je l'ai croisé », « file-moi son portable que je lui parle du pays », « il est de Lyon », « alors il n'a pas la reconnaissance du ventre », « *Benzema est touché à la cheville* », « aïe ! au ralenti, ça fait encore plus mal », « je vais passer le dessert au four », « *sans Karim, Lyon est diminué* », « il peut pas se taire », « *Benzema attend que l'arbitre l'autorise à reprendre le jeu* », « il est de mèche », « qui ? », « l'arbitre », « docteur Louis, ton diagnostic sur sa blessure », « je l'envoie chez un spécialiste », « tu te tapes du trou de la Sécu », « *but de Govou, un magnifique plat du pied* », « je me sens mieux », « à 2-1, rien n'est acquis », « Henry, tu bosses pour Canal maintenant ? », « vous entendez, Gerland chante », « dommage que Manuel soit parti », «*penalty, l'arbitre désigne le point de penalty, la faute n'est pas évidente, Olivier…* », « ils vont nous gâcher la soirée », « je ferme les yeux », « *Coupet est pris à contre-pied, 2-2, le match est encore relancé* », « ça vient ce dessert Pierre ? »,

« deux minutes », « il en reste quinze », « oh ! comme Grosso sauve sur sa ligne », « c'est pas Grosso, c'est Réveillère », « putain les blancs se ressemblent tous, je les confonds », « *vilaine faute de Juninho, le Lyonnais mérite un carton jaune, sûrement Jean-Michel mais l'arbitre ne le sort pas* », « dire que ce Brésilien de bénitier se signe tout le temps », « demain, pour sa peine, il fera trois Je vous salue Marie et deux Notre Père », « les curés sont toujours du côté des vainqueurs », « on n'est pas à l'abri », « Henry, respire », « du bonheur tes figues Pierre, et la glace à la vanille avec, je prends note », « *but de Cris, quelle tête, imparable, l'OL reprend l'avantage 3-2* », « on sait compter, patate », « beau match », « c'est mieux de les gagner les beaux matches, ça fait de meilleurs souvenirs après », « *Juninho au coup-franc, 34 mètres des cages parisiennes, tout Gerland frissonne* », « moi, à l'instant, je voudrais pas être gardien », « et bing une feuille morte, 4 à 2 », « *le magicien a encore frappé* », « reste trois minutes, l'affaire est pliée, l'arbitre peut arrêter la rencontre, on a de la route encore, Liliane, fais la valise, on rentre », « c'est qui Liliane ? », « la femme à Georges Marchais », « t'étais pas là, tu priais en Inde », « putain, et dire que j'ai manqué ça ».

« Tout ça c'est la faute d'Ulysse, tu me suis ? », « pas vraiment, tu marches trop vite. » Henry et Louis doivent dormir depuis belle lurette, ils ont pris la route minuit allait sonner, le prochain week-end garçons se fera à Lantignié fin janvier, « y'aura une Lison », a promis le docteur. Vaisselle, rangement, Romain et Pierre se sont affairés au ménage en écoutant plein pot le *Stabat Mater* de Pergolèse, « ta grange a un putain de son de cathédrale, j'avais raison. » Puis ils ont regardé *Jules et Jim*, mais pas jusqu'au bout tellement ils ont été attristés du coup de vieux qu'avait pris ce film, ont donné une seconde chance à Truffaut avec *Le Dernier métro* qui les a tenus en éveil jusqu'à leur faire franchir l'heure lourde du sommeil. Après, leur nuit ne pouvait plus être pareille. Romain a proposé une promenade, « mes pompes sont sèches », Pierre lui a prêté une paire de chaussettes.

Maintenant ils sont deux silhouettes qui traversent le pont Baillet, deux points de braise, leur cigarette. « Je te résume, Ulysse part en mission, se coltine tempêtes et combats sanguinaires, et quand il revient vainqueur mais épuisé à la maison doit encore bander son arc pour conserver Pénélope », « et tu en conclus ? », « cette mythologie nous plombe, comment veux-tu que nous, les mecs, avec de tels modèles, on s'en sorte, on est foutu », « les Pénélope aussi Romain », « certes. » Un chien aboie au loin, « le fantôme de Rabeau », dit Pierre. « Je te donne un second exemple de missionnaire perdu, Colomb », « je t'écoute », « l'année du cinq centième anniversaire de la Conquête, j'ai travaillé sur un spectacle superbe qui a fait un bide, créé par une jeune pousse bourrée de talents, Soledad Sebastian », « connais pas », « normal, après cet échec, elle est partie au Nicaragua monter une troupe qui tourne dans les campagnes. Elle avait donc mis en scène des textes de Colomb, son journal de bord et sa correspondance avec Isabelle la Catholique. L'Amiral en était raide dingue de la reine d'Espagne, c'était poignant. À chacun de ses retours en Espagne, il la couvrait de bijoux en jade, de plumes bariolées, d'épices rares, et elle, elle lui demandait où était l'or et te le réexpédiait dare-dare », « donc Ulysse et Colomb même punition », « et nous derrière, on doit faire nos preuves tout le temps, lancer le javelot par-dessus la montagne et sitôt planté dans l'herbe le relancer encore, et c'est quand qu'on se repose, qu'on se relâche, qu'on fait rien de rien, pas de records, pas de médailles, plus de représentations ? »

Romain ne répond pas à ses questions, elle grimpe raide la rue Étroite, il jette son mégot pour s'alléger, émet un souffle long, entre épuisement et ras-le-bol, son dernier tour de piste physique remonte aux épreuves d'athlétisme du bac, il avait couru en jeans, il déteste encore les shorts. En haut, il s'assoit sur la marche d'une porte aux volets clos, « Pierre, quand tu seras maire, tu installeras des fauteuils électriques qui grimpent les escaliers comme dans les pubs à la télé l'après-midi », « je te nomme adjoint aux bonnes idées », «demain je commence un régime, pas plus de cinq cents mètres à pied par jour. »

Tel un désespéré en urgence affective il sort de derrière un pot de fleur, s'enroule autour des jambes de Romain, petite boule de poils roux qu'on dirait du feu, et miaule à réveiller les voisins. « Qu'est-ce que tu veux toi ? », « que tu l'adoptes », « les enfants vont t'adorer, faut que je te trouve un nom ». Il cale le chaton sur son épaule qui s'y sent tout de suite bien. « Comment tu t'entends avec eux ? », « ils m'appellent Tonton Romain, me prennent la main quand je les accompagne à l'école, la grande elle dessine, tu verrais ça, toujours avec un carnet à la main, et le pitchoune un jour il veut être footballeur, un autre batteur de rock. Le soir quand je suis là, je leur raconte l'histoire d'Anatole, un dresseur de poissons rouges qui volent, je me mélange les pinceaux dans le scénario, ils ne m'en veulent pas, réclament la suite », « la vie est belle alors », « pas de gros mots Pierre », « qu'est-ce qui coince ? », « il te reste des clopes ? », « plein. »

Les lampadaires font une lueur dorée et douce, les pavés encore mouillés brillent comme au cinéma.

Romain laisse à Pierre une place sur la marche, le chaton passe d'une épaule à l'autre, « hé ! le clown, qu'est-ce tu dirais de Zavatta ?, les mômes vont pas comprendre, la Piste aux étoiles ça remonte à trop loin », « tu voulais me dire quoi ? ». Romain fixe sa cigarette qui roule dans ses doigts, « sans cesse elle me compare à ses ex, comme si j'étais une répétition. Le père de ses enfants par exemple, elle soutient que j'ai les mêmes silences, mais mes silences, putain de merde, ils m'appartiennent, même si je ne sais pas ce que je fourre dedans, des soucis, des rêveries, des conneries sûrement. Un jour, elle me balance qu'un de ses amants d'après était lui aussi fils de profs, et alors, c'est pas pour ça que je suis abonné au catalogue de la Camif. Pour une fois que j'accepte de pousser un chariot dans les travées d'un hyper Tartempion, elle m'embrouille, me répète qu'elle n'a pas de place dans sa vie pour une histoire d'amour, mais qu'est-ce qu'on bricole depuis six mois qu'elle m'accueille chez elle, que j'ai même accepté un week-end camping, moi qui déteste le bruit des fermetures Éclair ? C'est quoi sa cicatrice pas fermée, son désordre, sa souffrance ? L'autre nuit, on s'offre une nuée d'étoiles, les corps en sueur. Après, sur la platine, elle met Damien Rice, de la pop propre, bien que le final soit un rien ampoulé, qu'importe, on était tranquille, apaisé, et la voilà qui murmure, "*quoi qu'il arrive, ce disque sera le nôtre*". Elle m'a attaché sur un siège éjectable, une pression sur le bouton et je suis satellisé. Moi aussi j'en ai des histoires passées, j'en fais pas des histoires, j'ai même été amoureux d'Élise », la boule rousse se perche sur le crâne de Romain et le laboure de ses griffes, « et toi, le chat, commence pas à m'emmerder ou je te largue devant un orphelinat », « levons-nous, le froid nous guette. »

Leurs pas les portent rue des Fontaines, « à qui tu penses Pierre ? », « c'est dans ce village que j'ai compris que le seul combat qui vaille est celui contre le temps, qu'il faut le ralentir, autrement il nous échappe », « respirer doucement quoi », « c'est ça, Romain, respirer doucement », « je mangerais bien quelque chose, l'herbe me creuse ». Pierre pense aussi au Nicaragua, à l'hôtel Intercontinental de Managua, le bar, les whiskys, les traces de balles sur la façade, la terrasse pour observer la progression des Sandinistes, l'Histoire leur donnait alors raison.

Une ombre remonte vers eux, un homme, une casquette, des mains dans le dos, « bonsoir », « bonsoir, messieurs, tiens, vous avez adopté le chaton, ça fait une paire de nuits qu'il miaule, il vous attendait, la nuit je rôde aussi, mes jambes ont la maladie du sommeil, elles m'empêchent de dormir, faut que je marche, demain les médecins doivent me donner un nouveau traitement, espérons que ça va le faire », « on l'espère pour vous monsieur, bonne nuit », « j'ai hâte qu'elle finisse. »

« Tu le connais ? », « de vue », « l'insomnie des jambes, je demanderai à Louis », « t'as été amoureux d'Élise ? »,

« évidemment, il ne pouvait en être autrement, sauf qu'un jour à la sortie d'un amphi elle m'a signalé que Louis lui faisait aussi la cour, ça voulait dire qu'elle avait choisi entre nous deux, je me suis effacé, je me sentais pas de taille, face à lui, face à elle, face à la vie, face à la médecine, c'est pour ça et pour plein d'autres choses encore que je suis parti en Inde », « comme Christophe Colomb », « j'en suis revenu les mains vides », « demain tu ramènes un chaton », « Ulysse, et si je l'appelais Ulysse ? »

Ils approchent lentement de la rue de la République, « dis-moi Pierre, tu te souviens de la phrase de Breton qu'Henry cite à tout bout de champ ? », « *Je cherche l'or du temps* », « tout est dit ». Raymond sort sa première fournée, il a de la farine sur les cils et dans les cheveux, « *il est 5 heures 15, vous écoutez France Inter, bonjour à ceux qui se lèvent et beaux rêves à ceux qui se couchent* ». Raymond baisse la radio, s'essuie les mains dans son tablier avant de serrer les leurs, demande de ses nouvelles à Pierre, et confirme que c'est décidé, dans deux mois Solange et lui ferment boutique, les journées leur sont trop longues, peut-être que ça lui manquera, peut-être pas, il a commencé à quatorze ans, il va lui falloir apprendre à faire autre chose de sa vie. Il offre deux bâtards chauds à s'en brûler les doigts, mais si croustillants que Romain en mange la moitié d'un sur le chemin du retour.

La première lumière du jour blanchit la cour d'un voile léger, l'olivier de Louis est perlé de rosée, il va faire beau. « Crapule d'Henry, il s'est barré en laissant sa quincaillerie dans le coffre de ma bagnole », « putain, c'est pas cool ». Pierre pousse la porte de la grange, heureux qu'elle soit là, si grande, ce fut une belle inauguration. Romain pose délicatement le petit chat sur le canapé, « t'as du lait pour le zazou ? », « coupe-le avec de l'eau, autrement il va être malade comme un chien », « et si je l'appelais Médor ? », « risque de confusion qui peut lui provoquer un traumatisme, pourquoi pas Zazou ? », « Zazou, nickel. »

Pierre dresse le petit déjeuner sur le bar, le chaton visite les dessous d'un canapé, Romain fouille les CD, « à cette heure, faut pas se tromper de couleur de musique, ni trop claire, ni trop sombre, question d'équilibre, de nuances, j'ai envie de voix ». Il choisit Cassandra Wilson, *Traveling Miles,* « d'où tu tiens cette pépite ? », « un cadeau », « de ta journaliste ? », « tout juste », « elle a mis des mots sur *Sky and Sea* de Miles Davis, à me filer des larmes, t'as remarqué que nous, les garçons, on est plus sensible le matin ? », « c'est dû à quoi ? », « je sais pas », « ton colombien est servi », « avec de la confiture de marron et du beurre aux algues ? », « la maison sait recevoir. »

Romain grimpe sur le tabouret, entreprend une tartine longue comme le bras, « je dois être à Lyon à midi, je vois Henry pour L'Épicerie », « c'est plutôt bien, cette histoire, je t'emmènerai à la gare », « plutôt très bien oui, et toi, tu vas faire quoi ? ». Pierre pose sa tasse, allume une cigarette, « parler avec elle ».

LE CARNET DE JULIE

Dîner vendredi

Salade de bœuf minute et bouillon

Pierre a mis des mois à élaborer sa technique. D'abord il voulait cuire la viande à l'eau pour assurer un maximum de tendreté mais avec un cœur bien saignant. L'idée de surgeler la viande est venue plus tard. Le centre du morceau chauffe tout en restant presque cru. Heureux de sa découverte, il a commis l'erreur de la partager avec son boucher qui a jugé que c'était pur sacrilège. Depuis Pierre garde ses élucubrations culinaires pour lui. Parfois il se prend à rêver d'appliquer cette technique culinaire à ses histoires d'amour.

Pour 6 personnes
Préparation : 15 min.
Cuisson : 4 min.

3 tournedos pris dans le filet bien épais, de 250 g environ - 3 l de bouillon de légumes (ou de bœuf) bien corsé - 12 petits cornichons au vinaigre - 6 cuillers à soupe d'huile d'olive - 1 bouquet de persil plat - 1/2 bouquet de coriandre effeuillé - 6 petits brins de civette - 4 cuillers à soupe de vinaigre de vin vieux - sel et poivre

Plongez-les dans le bouillon de légumes frémissant. Laissez cuire 4 min. Égouttez. Lavez et séchez le persil, la coriandre et la civette. Mettez le tout dans le bol d'un mixeur. Hachez grossièrement. Ajoutez l'huile et le vinaigre. Hachez de nouveau brièvement. Égouttez la viande et laissez-la reposer 5 à 10 min avant de la découpez en tranches de 1 cm d'épaisseur et alignez-les en les superposant légèrement. Arrosez de vinaigrette, poivrez, salez et servez tiède accompagnée de cornichons.

Pièce de viande réputée pour sa chair très tendre et fondante, le tournedos est coupé dans la partie la plus étroite du filet de bœuf, qui offre une tendreté exceptionnelle. Choisissez-le bien épais pour que le cœur reste tendre, quelle que soit la cuisson. Il peut attendre 48 h au réfrigérateur (dans un papier mais surtout pas enfermé dans un sac). Ne piquez jamais la viande, cela ferait sortir le sang et les sucs. Une fois cuite, laissez-la reposer 5 à 10 min avant de la découper.

Loup à la douce

Le poisson étant en grande partie composé d'eau, une température supérieure à 100 °C en provoque l'évaporation entraînant un dessèchement des chairs. C'est la leçon que Pierre avait retenue d'une conversation engagée avec le patron de la *Cagouille*, restaurant de poisson parisien tenu par un Charentais bien avisé. Dès le lendemain, il mettait un loup (pour lui le « bar » ne supporte aucun homonyme) à cuire à la douce. Il aurait pu aussi l'appeler à la cool tant la détente du temps de cuisson s'est révélée favoriser celle du cuisinier.

Pour 4 à 5 personnes
Préparation : 10 min.
Cuisson : 60 min.

2 bars de 800 g vidés et écaillés - 1 botte de persil - 1 botte de ciboulette - 5 branches d'estragon - 3 petites échalotes - 30 g de beurre demi-sel - 5 cl de vin blanc doux (vino santo ou pineau) - 1 citron - sel et poivre

Faites chauffer le four à 100 °C (th. 3). Salez et poivrez les poissons de l'intérieur. Pelez et émincez les échalotes. Lavez et séchez les herbes, effeuillez-les et hachez grossièrement les tiges d'un côté et les feuilles d'un autre.

Farcissez les poissons du hachis de tiges et déposez-les sur les feuilles mêlées aux échalotes. Couvrez-les de copeaux de beurre. Arrosez de vin et d'un filet de citron puis mettez au four.
Après 30 min, retournez les poissons, arrosez-les de leur jus (ajoutez un peu de vin si nécessaire). Laissez cuire encore 30 à 40 min selon le degré de cuisson désiré.

Tarte Tatin

Est-ce parce qu'il est né d'une erreur que ce dessert déchaîne aujourd'hui des passions pâtissières, chaque spécialiste estimant qu'il détient « la » bonne version ?
La modestie de Pierre n'a qu'un ennemi, son perfectionnisme. Pour établir sa recette-équilibre entre croustillant, juteux, moelleux, sucré et acide, il n'a pas hésité à sacrifier quelques kilos du fruit interdit. Choix des pommes, du moule, du type de pâte (feuilletée ou brisée, le débat reste ouvert), Pierre a testé toutes les combinaisons et ne craint pas aujourd'hui de présenter sa recette comme l'aboutissement d'une entreprise « tatinesque ».

Pour 6 à 8 personnes
Préparation : 10 min.
Cuisson : 1 h environ.

2,5 kg de pommes (reines de reinettes, boskoops ou goldens, ou mieux mélange des trois) - 400 g de pâte brisée sucrée (voir recette ci-dessous) - 150 g de sucre - 75 g de beurre - 5 cuillers à soupe d'eau

Dans une casserole, mélangez le beurre, le sucre et l'eau. Laissez caraméliser, puis versez dans le fond d'un grand moule à manqué préalablement beurré (surtout sur les côtés).

Pelez, videz et coupez les pommes en deux. Disposez-les droites et faites-les revenir sur le feu. Quand elles sont bien imbibées, retournez-les et faites cuire à nouveau. Cela doit prendre 15 min environ. Allumez le four à 180 °C (th.6). Étalez la pâte sur une feuille de papier sulfurisé (pour la déplacer plus facilement) et retournez-la sur les pommes. Enfoncez légèrement la pâte autour des pommes et enfournez. Laissez cuire 40 min.
Retournez immédiatement sur le plat de service à la sortie du four et servez tiède ou froid.

Pâte brisée sucrée

Pierre n'entend pas préparer sa Tatin avec de la pâte feuilletée. Rien à voir avec la complexité de la recette, qui aurait plutôt tendance à le motiver. La raison est ailleurs : en cuisant au-dessus des pommes, la pâte absorbe une grande partie de leur humidité. Si la densité de la pâte brisée le supporte sans mal, le feuilletage y laisse quelques couches. Les sœurs Tatin n'auraient pas renié ce frère de beurre.

Pour une boule de pâte
Préparation : 10 min.

150 g de beurre - 230 g de farine - 70 g de sucre - 2 cuillers à soupe d'eau - sel

Coupez le beurre en lamelles pour qu'il s'assouplisse. Versez la farine dans un saladier, ajoutez le sucre et une bonne pincée de sel, mélangez. Faites un puits au centre et déposez les lamelles de beurre. Amalgamez le beurre à la farine du bout des doigts. Évitez de trop travailler la pâte pour qu'elle reste friable. Ajoutez un peu d'eau et travaillez rapidement pour former une boule. Farinez légèrement et filmez. Laissez reposer 2 h minimum au frais pour qu'elle soit moins friable. Étalez la pâte au rouleau, sur une feuille de papier sulfurisé pour qu'elle soit plus facile à déplacer.

Petit déjeuner samedi

Scones

Douceurs anglaises par excellence, les scones sont aussi éloignés de notre viennoiserie que nous le sommes de l'humour anglais. La pâte, entre brioche et cake, se doit d'être légère, dense et friable à la fois sous une croûte étonnamment croustillante. Louis a été officiellement déclaré roi du petit déjeuner lors du premier « week-end garçons » à Lantignié. Depuis, il a retravaillé sa recette et compte bien passer empereur.

Préparation : 15 min.
Cuisson : 25 min.

250 g de farine - 25 g de farine complète ou de sarrasin - 60 g de beurre - 15 cl de lait entier - 1 sachet de levure chimique - 1/2 cuiller à café de sel - 1 grosse cuiller à soupe de sucre
Éventuellement : 2 grosses cuillers à soupe de pavot bleu - 1 cuiller à café de cannelle en poudre - 1 œuf battu

Retirez la plaque du four et préchauffez-le à 200 °C (th. 6-7). Sortez le beurre du réfrigérateur. Dans un saladier, mélangez les farines, la levure, le sucre et le sel. Fouettez l'ensemble. Ajoutez le pavot et la cannelle (si vous en utilisez), le beurre

en petits morceaux et mélangez du bout des doigts pour bien l'intégrer. Vous devez obtenir une texture légèrement sableuse. Faites un puits et versez le lait progressivement en mélangeant avec une fourchette. Quand la pâte épaissit, retirez la fourchette et terminez avec la main pour façonner une boule. Ne travaillez pas trop la pâte pour qu'elle lève bien. Déposez la boule sur une surface farinée. Étalez-la avec le plat de la main jusqu'à une épaisseur de 3 cm. Découpez-la avec un emporte-pièce de 5 cm de diamètre (ou un petit verre). Couvrez la plaque d'une feuille de papier sulfurisé et déposez les scones dessus. Enfournez et faites cuire 25 min.
Servez tiède accompagné de beurre, de confiture ou de fromage.

Pour une version 100% végétale, remplacez le beurre par de la margarine et le lait par du lait de soja. Pour que vos scones soient encore plus dorés, badigeonnez-les d'œuf battu juste avant de les cuire.

Déjeuner samedi

Terrine de foie gras

Pour Louis, le médecin, improvisation rime avec approximation. Alors, pour le foie gras, pas question de risquer l'erreur. Il tient sa recette d'un bistrot installé non loin de son cabinet de l'avenue des Belges, et il n'a jamais tenté de changer la formule d'un trait. « Le mieux est l'ennemi du bien » lui répétait sans cesse sa mère. Une formule dont il regrette parfois qu'elle ne soit pas plus souvent appliquée à la cuisine.

Pour 6 personnes
Préparation : 2 à 6 jours à l'avance
Cuisson : 2 h 30

1 foie gras de 650 g environ - 2 cuillers à soupe de vin doux (banyuls, sauternes...) - 1/2 cuiller à café de grains de cardamome - 1/3 cuiller à café de cannelle en poudre - 1 pincée de girofle en poudre - sel et poivre du moulin

Séparez les deux lobes et retirez les veines apparentes. Placez les lobes dans un plat creux, arrosez avec l'alcool, saupoudrez les épices, salez, poivrez généreusement et retournez le foie plusieurs fois dans la marinade.
Tapissez le fond d'une terrine (juste aux dimensions du foie) avec l'un des deux lobes, recouvrez avec l'autre lobe. Versez le vin de marinade sur la terrine, couvrez avec du film alimentaire et entreposez au frais 12 h.
Préchauffez le four à 150 °C(th.5). Posez la terrine non couverte dans un bain-marie (l'eau doit être environ à 70 °C) et faites cuire 30 min. Retirez du four en laissant tiédir dans le bain-marie 2 h. Posez une petite planche de la dimension de la terrine, pressez légèrement et entreposez 24 h au moins au réfrigérateur avant de servir.
Peut être conservé jusqu'à 6 jours dans le réfrigérateur.

Curry de canard au potimarron

Bien qu'elle soit simple et rapide, cette recette ne manque pas de faire son petit effet à tous les coups. Louis a « rôdé » son plat pour Élise, et son avis compte plus que tout au monde.

Pour 6 personnes
Préparation : 20 min.
Cuisson : 20 min.

1 kg d'aiguillettes de canard - 1 gros oignon rouge - 3 gousses d'ail - 15 g de racine de gingembre - 1 kg de potimarron - 4 cuillers à soupe de curry en poudre - sel - 1 cuiller à café de cannelle - 2 cuillers à café de grains de cumin - 4 clous de girofle - 6 gousses de cardamome - 1 branche de thym - 200 g de tomates fraîches ou pelées au naturel - 15 cl de lait de coco liquide - 1 cube de bouillon de poule - 1 pincée de piment de Cayenne - 4 cuillers à soupe d'huile - 3 cuillers à soupe de graines de tournesol (facultatif)

Pelez et émincez finement l'oignon. Pelez et écrasez l'ail et le gingembre. Coupez les aiguillettes en gros dés. Épluchez le potimarron, coupez-le en deux puis retirez les graines. Coupez la chair en gros cubes.
Faites chauffer 2 cuillers à soupe d'huile dans une poêle, versez les cubes de potimarron, ajoutez le curry, salez et faites sauter 10 min à feu moyen.
Pendant ce temps, versez le reste d'huile dans une sauteuse. Faites sauter les cubes de canard pendant 3 min. Salez, poivrez et réservez.
Faites sauter l'ail, l'oignon, le gingembre, la cannelle, le cumin, les clous de girofle, les graines de cardamome récupérées en ouvrant les gousses et le thym. Faites revenir le tout 5 min. Incorporez les tomates concassées puis le lait de coco, 200 ml d'eau et le cube de bouillon. Portez à ébullition.
Ajoutez les cubes de potimarron, remuez, salez, pimentez et laissez cuire 10 min à feu doux. Incorporez les cubes de canard, laissez cuire encore 2 min et servez chaud.
Saupoudrez de graines de tournesol grillées à la poêle.

Dîner samedi

Salade de jeunes courgettes, pistaches et chèvre

Impossible de résister aux picodons qu'une jolie fromagère du marché de Privas a fait goûter à Manuel. Sur l'étal de Lucien, quelques pas plus loin, Pierre s'enthousiasmait pour de jeunes courgettes à peine plus grandes que le doigt. La salade de Manuel était née.
En taillant finement les différents ingrédients, Manuel réalise que sa salade entre plutôt dans la catégorie des « plats de filles ». De ceux qui n'alourdissent ni les hanches ni l'haleine. Il ne sait plus qui a dit « en cuisine, quand ça plaît aux filles, ça plaît à tous ». Un restaurateur avisé sans doute. Pour une version encore plus masculine, Manuel, sur les conseils de Pierre, s'est tout de même permis d'y glisser quelques lamelles d'oignons doux des Cévennes voisines… et de prévoir ensuite un plat mijoté bien roboratif !

Pour 6 personnes
Préparation : 20 min.

6 petites courgettes rondes ou 4 courgettes-fleurs - quelques feuilles de salade verte (rougette, laitue, batavia…) - une trentaine de grains de raisins verts - 2 cuillers à soupe de pistaches non salées concassées - 150 g de fromage de chèvre frais - 1/2 bouquet de cerfeuil - 3 cuillers à soupe de jus de citron vert - 2 cuillers à soupe d'huile de pistaches ou pignons - 2 cuillers à soupe d'huile d'olive - sel et poivre du moulin

Mélangez énergiquement le jus de citron vert et un peu du zeste râpé, les huiles, le sel et le poivre. Lavez et séchez le cerfeuil et les courgettes. Coupez le pédoncule des courgettes, taillez-les en lamelles de 1/2 cm de large, puis chaque lamelle en bâtonnets. Roulez les feuilles de salade sur elles-mêmes et émincez-les. Assaisonnez avec la moitié du mélange huile-citron. Effeuillez le céleri en petits brins. Lavez les raisins et coupez les grains en deux. Assaisonnez d'un côté la salade et d'un autre les courgettes mélangées avec du cerfeuil. Répartissez la salade dans les assiettes, ajoutez les bâtonnets de courgettes, les pistaches, les raisins et laissez tomber un peu de chèvre émietté entre vos doigts. Poivrez au moulin et servez sans attendre.

On peut conserver les courgettes assaisonnées (pas la salade) 24 h au frais. Achetez du raisin sans pépins, sinon retirez-les avec un petit couteau, et pour une bonne harmonie de saveurs, évitez du raisin trop sucré.
Variante : remplacez les grains de raisins par des dés de poires bien mûres.

Tendrons de veau aux carottes

Manuel s'angoissait, la cuisine n'est pas son fort. Mais avec l'aide précieuse de Pierre, il a réussi un plat savoureux, fondant. De grosses carottes des sables, une viande élevée avec soin et patience, et une cocotte en fonte avec un couvercle bien lourd qui permet de garder l'humidité de la viande sans ajouter trop de bouillon. C'est tout, j'vous assure !

Pour 6 personnes
Préparation : 15 min
Cuisson : 1 h 30 à 2 h

1,7 kg de tendrons de veau coupés en 12 morceaux - 100 g

de bon lard fumé - 1 à 1,5 kg de grosses carottes (si possible des sables) - 3 tomates - 30 cl de vin blanc sec mais fruité - 30 cl de bouillon de veau - thym, laurier, persil - 3 oignons - 30 g de beurre - 3 cuillers à soupe d'huile d'olive

Préchauffez le four à 180 °C (th. 6). Farinez les morceaux de veau et faites-les dorer dans une cocotte, en deux fois, dans l'huile bien chaude. Retirez-les et remplacez-les par les lardons. Remettez le veau.
Pelez et épépinez les tomates. Coupez-les en morceaux. Ajoutez-les dans la cocotte ainsi que le bouillon, le vin, le thym, le laurier et le persil. Donnez un bouillon et faites cuire 5 min pour que l'alcool s'évapore. Couvrez et faites cuire 1 h 30 à 2 h au four (laissez un entrefilet de vapeur s'échapper de la cocotte). Pendant ce temps, émincez les oignons et coupez les carottes en rondelles très fines. Faites-les dorer dans une poêle sur feu vif dans le beurre. Ajoutez un peu de thym et couvrez. Laissez cuire 20 à 30 min.
Incorporez 1/3 des carottes dans la cocotte avant de servir.

Compliqué au chocolat

C'est Louis qui a baptisé ainsi ce gâteau, manière de souligner la performance à le réaliser. C'est vrai qu'il en jette, mais Louis se garde bien de leur dire qu'une fois la technique de la meringue maîtrisée, c'est un jeu d'enfant.

Pour 6 à 8 personnes
Préparation : 30 min.
Cuisson : 6 h.

9 œufs (dont 4 jaunes) - 160 g de sucre glace + un peu pour la décoration - 140 g de sucre semoule - 50 g de poudre de cacao amer - 150 g de chocolat à croquer à 55% - 90 g de beurre

Préchauffez le four à 95 °C (th.3).
Mélangez et tamisez le cacao avec le sucre glace.
Fouettez 5 blancs d'œufs en neige ferme pendant 5 min environ en incorporant à mi-parcours 20 g de sucre semoule. Dès que les blancs sont montés, ajoutez à nouveau 100 g de sucre semoule, en fouettant à petite vitesse. Avec la spatule, incorporez alors rapidement le mélange cacao-sucre glace.
Beurrez des feuilles de papier sulfurisé et posez-les sur deux plaques. Dessinez deux formes ovales d'environ 20x25 cm de diamètre sur les plaques et dressez 2 fonds de meringue au chocolat à l'aide d'une poche à douille ou d'un sac congélation dont vous aurez coupé un angle (environ 1 cm). Autour, dressez le reste de meringue en petites bandes (1 cm de diamètre) bien espacées. Faites cuire au four 6 h.
Surveillez la cuisson, la meringue ne doit pas roussir. Changez éventuellement la plaque de place pour obtenir une cuisson plus régulière.
À la fin de la cuisson, les disques de meringue au cacao doivent pouvoir se détacher facilement de la plaque : le dessous ne doit pas être collant.
Pendant ce temps, préparez la mousse au chocolat.
Faites fondre le chocolat à croquer au bain-marie. Hors du feu, ajoutez le beurre en fouettant jusqu'à ce que le mélange devienne homogène. Incorporez alors les jaunes d'œufs. Monter les 4 blancs d'œufs restants en neige ferme, en ajoutant 20 g de sucre semoule à mi-parcours. Incorporez délicatement les œufs en neige au mélange de chocolat refroidi.
Posez un fond de meringue sur le plat de service.
Repartissez dessus la moitié de la mousse et déposez le deuxième disque de meringue. Recouvrez complètement le gâteau avec le reste de mousse, sans oublier les côtés.

Cassez les bandes de meringues en tronçons de 3-4 cm et couvrez-en le gâteau.
Mettez le gâteau au froid 1 h (pas plus de 3 h). À la sortie du réfrigérateur, saupoudrez-le de sucre glace ou de cacao en poudre.

Déjeuner dimanche

Soupe de cerfeuil tubéreux

Ils n'en sont pas revenus, quand Romain a sorti les affreux petits tubercules noirâtres et biscornus de son sac. Chacun y est allé de sa mise : pommes de terre des sables, marrons préhistorique (Ardèche oblige), crottes de chèvre, navet transgénique, crosne géant, topinambour... Personne n'avait pensé à des racines cerfeuil ou cerfeuil tubéreux. Ils ont tous fondu en découvrant leur chair croquante et suave, leur goût musqué et sucré, entre artichaut, pomme de terre et châtaigne. De la crème, des oignons et quelques pluches de cerfeuil pour le clin d'œil de couleurs.

Pour 6 personnes
Préparation : 10 min.
Cuisson : 30 min (environ).

1 grosse carotte - 1 gros oignon doux des Cévennes ou 1 oignon normal - 600 g de cerfeuil tubéreux - 1/2 botte de cerfeuil - 10 à 15 cl de crème liquide entière - 1 cuiller à soupe d'huile - 1 feuille de laurier - sel et poivre

Émincez l'oignon. Dans une grande casserole, faites-le fondre 5 min à feu moyen avec l'huile, ajoutez la carotte

émincée et faites fondre encore à feu doux en remuant souvent, le temps d'éplucher les cerfeuils. Lavez-les et coupez-les en 4. Ajoutez-les dans la casserole, versez 1,5 l d'eau, ajoutez le laurier, salez, couvrez et portez à ébullition. Laissez mijoter 20 min. Retirez le laurier, mixez, ajoutez la crème, poivrez et salez encore éventuellement.
Servez chaud (mais pas brûlant) ou froid (c'est encore meilleur). Saupoudrez de cerfeuil frais avant de servir. Proposez éventuellement en accompagnement des tranches de pain de campagne grillées et arrosées d'huile de noix.

Saumon gravelax au thé et au citron

Romain est dingue de ce plat, il peut le préparer les yeux fermés et en mangerait tous les jours. Cette recette danoise (ou suédoise, chacun revendiquant la paternité de ce classique désormais universel) ne demande qu'un peu d'anticipation... et un sens aiguisé de l'assaisonnement. Dans un livre de cuisine, il a vu une recette où l'on glissait un peu de vodka dans la marinade. L'idée lui a plu. Ce dimanche, il a trop forcé sur la dose, hélas !

Pour 6 personnes
Préparation : 10 min.
Repos : 36 h.
Pas de cuisson

1 pavé de saumon (avec la peau) de 800 g - 4 cuillers à soupe de gros sel - 4 cuillers à soupe de sucre - 3 brins d'aneth - le zeste de 2 citrons - 2 cuillers à soupe de thé noir fumé - 2 cuillers à soupe de poivre noir concassé - 2 cuillers à soupe de vodka

Mélangez les ingrédients de la marinade. Repartissez 1/3 de la marinade sur une grande gaze (ou mousseline), posez le poisson côté peau dessus, arrosez du reste de marinade, fermez la gaze pour bien emballer le filet. Posez-le sur une assiette, puis couvrez avec un poids (cocotte ou planche) d'environ 1 kg. Laissez reposer 36 h en retournant toutes les 12 h. Déballez, rincez, séchez et tranchez en biais. Assaisonnez de citron ou de sauce gravlax.

Pommes de terre caramélisées

Tête en l'air, Romain a oublié de préparer ce plat, pourtant idéal pour accompagner son saumon, et simple comme tout à réaliser.

Pommes de terre - 40 g de sucre - 100 g de beurre

Faites cuire les pommes de terre 20 min dans l'eau bouillante salée. Pelez-les.
Préparez le caramel au beurre et faites revenir les pommes de terre 5 min dans ce caramel.

Dîner dimanche

Salade frisée

Ce plat vient d'un petit matin au bout d'une sacrée bringue. Henry a lancé l'idée d'une salade à l'ail, accueillie par des râles enthousiastes. Il a filé dans une cuisine qui n'était pas la sienne pour improviser à l'instinct. Pressé par le temps – il craignait que ses copains ne s'endorment – il a utilisé un appareil qui a accroché son regard, sorte de planche creusée dans laquelle vient se loger un couteau incurvé que l'on manipule avec deux poignées. Il ne savait pas trop à quoi cela pouvait servir mais il voyait un gros avantage à ne pas tripoter l'ail. Le résultat fut à la hauteur de l'appétit des noctambules : sauvage.

Pour 6 personnes

1 salade frisée - 10 cl d'huile d'olive - 3 cl de vinaigre de xérès - 1 cuiller à soupe rase de moutarde - 1 ou 2 gousses d'ail selon le goût - 1 poignée d'herbes fraîches ciselées (selon ce que vous avez sous la main) - fleur de sel

Lavez et essorez la salade et les herbes. Déchirez grossièrement les feuilles de frisée. Pelez et pressez l'ail ou hachez-le finement. Dans le saladier, mélangez l'ail, la moutarde, le vinaigre et le sel. Remuez. Ajoutez l'huile et fouettez à nouveau. Ajoutez la salade et remuez. Ajoutez les herbes avant de servir.

Omelette à la truffe

Pour fêter l'inauguration de la grange de Pierre, les truffes s'imposaient. Les œufs aussi car Henry sait cuisiner l'omelette comme personne. Il s'étonne toujours de voir son taux de cholestérol rester dans une norme acceptable tant il a avalé d'œufs dans sa vie. L'omelette, il la fait dans la poêle. Entendez, il y casse les œufs, sale, poivre, verse le lait et fouette le tout directement sur le feu. Il a toujours considéré l'utilisation d'un bol comme un ajout de vaisselle totalement superflu. Après, il ne sait pas trop, il mélange assez longtemps pour éviter le côté « pris » de la tortilla, quitte à froisser Manuel, puis il plie quand c'est encore bien baveux. Il affiche un mépris absolu pour les omelettes non pliées, trop facile. En servant son œuvre, sa phrase de maître d'hôtel est toujours la même : « c'est un peu moche, mais d'habitude c'est bon ». Henry, finalement, est un homme d'habitudes.

Pour 6 personnes

16 œufs - 10 cl de lait entier - 1 truffe de 15 g environ - 30 g de beurre - sel et poivre

Cassez les œufs dans un saladier (la technique d'Henry est plus adaptée aux petites omelettes), salez, poivrez et ajoutez la truffe coupée en bâtonnets.
Préparez une très grande poêle ou deux moyennes. Faites fondre le beurre sur feu moyen. Quand il commence à crépiter, versez les œufs. Remuez avec une spatule en grattant le fond de la poêle pendant 1 min environ pour que la cuisson soit homogène. Ensuite, laissez cuire et soulevez les bords régulièrement en inclinant la poêle pour faire glisser les œufs crus sous l'omelette. Quand elle semble cuite mais encore baveuse sur le dessus, pliez-la en utilisant une spatule large et plate, et faites glisser sur une assiette.

Si vous utilisez des truffes fraîches, entreposez les 2 ou 3 jours dans une boîte au frais avec les œufs.

Figues au miel

Un dessert simple, que Pierre a appris auprès du copain ardéchois qui l'a initié à la pêche aux écrevisses. Quelques figues de Bordeaux, qu'il a repérées au marché, le nom d'une variété car elles sont cueillies à quelques kilomètres de Privas. Concentrées en sucre sous une peau fine, elles deviennent croustillantes si l'on pense à allumer le gril en fin de cuisson. Ce que Pierre a oublié, mais c'était très bon comme ça.

Pour 6 personnes

6 figues - beurre salé - miel

Coupez les figues en deux. Mettez au centre du fruit une pointe de beurre salé. Recouvrez de miel. Laissez 10 min au four à 220 °C (th.7-8).

Achevé d'imprimer en mars 2009
sur les presses du

Groupe Horizon

Parc d'activités de la plaine de Jouques
200, avenue de Coulin
F-13420 Gémenos

N° d'imprimeur : 0903-030

Imprimé en France

Dépôt légal : mars 2009